KB057904

엄
마
의

골
목

걸어본다 11 | 진해
엄마의 골목

ⓒ 김탁환 2017

초판 1쇄 발행 2017년 3월 3일
초판 3쇄 발행 2021년 10월 28일

지은이 김탁환
펴낸이 김민정
편집 김필균 도한나
디자인 한혜진
모니터링 처음학교 친구들
마케팅 정민호 김도윤
홍보 김희숙 함유지 김현지 이소정 이미희
제작 강신은 김동욱 임현식
제작처 영신사
펴낸곳 (주)난다
출판등록 2016년 8월 25일 제406-2016-000108호
주소 10881 경기도 파주시 회동길 210
전자우편 nandatoogo@gmail.com **트위터** @blackinana **인스타그램** @nandaisart
문의전화 031-955-8865(편집) 031-955-2696(마케팅) 031-955-8855(팩스)

ISBN 979-11-960030-4-3   03810

엄마의 골목

김탁환 에세이

ㄴㄴ〉〈ㄷㄴ

아무리 서둘러도 늦어버린 일들이 있다. 무릎과 허리가 좋지 않은 엄마는 이제 산을 오르지 못한다. 장복산 구석구석 뻗은 길들을 함께 걸었다면, 엄마는 또 새로운 이야기들을 꺼냈을 것이다. 엄마와 걷지 못한 길, 엄마가 하지 않은 이야기는 이 세상에 없는 길이요 이야기다. 이만큼이라도 걷고 이야기 나누고 문장으로 옮겼으니 다행이라 생각하다가도, 못내 아쉽다.

고등학생인 두 딸이 이 책을 통해 진해 할머니를 새롭게 만날 듯하여 기쁘다. 골목은 그렇게 할머니에서 손녀로, 과거에서 미래로 이어진다. 저마다의 골목을 엄마와 함께 걷는 독자들이 늘었으면 싶다. 더 늦기 전에!

2017년 2월

김탁환

✩

'여자는 약하지만 엄마는 강하다'라는 말이 있다.

엄마도 약하다.

✩

오래전부터 엄마에 관해 쓰고 싶었다.

내 나이 서른 살에도, 마흔 살에도, 엄마의 삶이 궁금했다.

그때는 써야 할 이야기가 넘쳤으므로, 엄마는 자꾸 밀렸다. 언제나 내 뒤에 서 계실 거니까. 이번이 아니라도, 곧 돌아와 쓰면 된다고 스스로를 합리화했다. 한번 미루니 두서너 해가 휙휙 지나갔다. 그렇게 나는 장편 작가가 되었고 등단 20년이 지났지만, 엄마의 삶을 오래 들여다보며 문장으로 옮기진 못했다. 그래도 마음만 먹으면 금방 옮길 수 있다고 자신했다. 너무 늦지나 않을까 하는 걱정도 없이.

✩

엄마가 죽고 나서야 회고담을 쓰기 시작한 작가는 여럿이다. 나는 엄마가 살아 있을 때, 그녀에 관한 글을 마치기를 바랐다. 내가 보고 듣고 느낀 엄마 외에, 마산과 진해에서 홀로 지낸 엄마 자신에 관한 이야기를 알고 싶었다. 죽어 무덤으로 들어가는 순간, 혼자 간직해온 이야기도 함께 사라진다. 나는 그 소멸을 막겠다는 결심을, 지키기 어려운 약속을 여러 번 했다. 그리고 그 약속을 번번이 어겼다.

☆

'엄마'라고 정확하게 엄마를 부른 적이 단 한 번도 없다. 텔레비전에 흔히 나오는 '어무이'도 아니고, '어멀'과 '어머이'의 중간 정도.

☆

국민학교 교사였던 엄마는 언제나 표준말을 강조했다. 엄마도 나도 평생 경상도 사투리를 고치진 못했지만, 그래도 엄마는 또박또박 표준말을 쓰라고 귀가 따갑도록 가르쳤다.

이 글을 쓰는 동안, 엄마와 나는 물론 경상도 사투리로 대화를 나눴다. 경상도 이외 지역은 독해가 불가능할 정도일지도 모른다. 대화는 그렇게 나눴지만 글은 사투리 없이 가려 한다. 2008년 『혜초』를 쓴 직후에 엄마가 물었다.

"혜초 스님도 사투리를 썼겠지?"

"그땐 경주 말이 서울말이었어요."

잠시 엄마 얼굴을 살핀 후 이어 물었다.

"왜요? 혜초 스님이 경상도 말투가 아니라서 어색했습니까?"

"아니! 이게 나아. 또박또박 깔끔한 대화를 읽으며, 시끄럽고 투박한 대화를 상상하는 맛도 있거든."

이 책에서도 그런 맛을 상상하는 건 어떨까. 엄마는 단정한 문어文語에 비릿한 구어口語를 더하는 적극적인 독자였다.

☆

2015년 5월 5일, 나는 엄마에 관한 이야기를 쓰기로 결심했다.

상경한 엄마와 카페에 마주앉았다. 주문한 커피가 나오기도 전에 엄마가 물었다.

"몸이 건강해야 오래오래 좋은 작품 쓰지. 목은 어때?"

사람마다 약한 부위가 있다. 내겐 목이다. 1999년 겨울 『허균, 최후의 19일』을 낸 후 성대에 결절이 생겨 제거 수술을 받았다. 2013년 봄 『뱅크』를 출간할 즈음엔 목 디스크 때문에 오른손이 심하게 떨려 두 달 남짓 작업을 쉬어야만 했다.

"괜찮습니다."

"방심하지 마. 뭐든지 열심히 하지. 제 몸 아픈 줄도 모르고 말이야. 네 아버지가 그랬으니 너나 네 동생도……"

휴대폰이 울리는 바람에 말이 끊겼다. 엄마가 발신자를 확인했다.

"진해 친구다."

그러고는 통화 버튼을 눌렀다.

"왜 전화했어? 우리 곗날은 오늘이 아닌데……"

갑자기 휴대폰을 든 손이 떨리기 시작했다. 두 눈에서 눈물이 주르륵 흘러내렸다.

"……알겠다. 난 일이 있어서 서울 왔어. 우선 네가 내 것까지 부조 좀 해라. 내려가자마자 전화할게. 들어가라."

전화를 끊은 후엔 손수건을 꺼내 눈물을 닦았다. 또 눈물이 흘렀고 다시 손수건으로 닦았다.

"열 명이서 10년 전에 계를 시작했는데, 벌써 다섯이나 가버렸네. 절반 넘게 죽으면 계를 그만두자 했는데, 그땐 농담이었는데, 10년 만에 그 농담이 진담이 되었어. 산 사람 다섯이서 죽은 사람 다섯을 그리워하게 될 줄이야."

나는 냉수를 가지고 왔다. 엄마는 물을 다 마신 다음에야 길게 숨을 내쉬었다. 그러다 갑자기 웃기 시작했다. 눈에 눈물이 그렁그렁한 채 입으로는 웃음이 흘러나왔던 것이다. 어리둥절한 내게 엄마는 제법 긴 이야기를 들려줬다.

"병원에서 요양을 하다가 방금 떠났단다. 처음엔 척추뼈가 두 군데 부

러졌다 해서 그걸 이으려고 수술을 했지. 근데 골수암이었던 게야. 척추
뿐만이 아니라 여기저기 뼈들이 툭툭 부러지기 시작했지. 오늘 떠난 애
가 우리 젊었을 때 친구들 중에서 가장 춤을 잘 췄어. 나이트클럽에 같이
가면, 스테이지에서 내려올 줄 몰랐다니까. 얼마나 춤을 잘 추는지 클럽
에 놀러온 해군들은 물론이고 미군들까지 와서 이름을 묻고 같이 춤을
추자고 청할 정도였지. 그런 앤데, 뼈 하나만은 튼튼한 애였는데. 그렇
게 뼈가 툭툭 부러지고, 골수암으로 죽을 줄은 정말 몰랐어. 망할 기집
애. 퇴원하면 나한테 노인들을 위한 춤을 가르쳐주겠다고 해놓고, 약속
도 안 지키고 가다니……"

엄마가 왜 울다가 웃는지 웃다가 우는지 알 듯도 했다. 70대는 한 세대
위가 아니라 같은 세대 친구들이 하나둘 곁을 떠나는 나이다. 여중·여고
동창생이 대부분이니, 60년 지기와의 이별이었다.

열 명 중에서 다섯 명이 떠났다면, 다음엔 엄마 차례일 수도 있다. 늦
지 않았기를! 마음이 급해졌다.

✿

민쟁 시인에게 전화를 걸어 다짜고짜 엄마에 관한 에세이를 쓰고 싶
다고 했다. 이왕이면 엄마와 함께 진해를 거닐면서. 시인은 망설이지 않
고 응했다.

"그럼 제목은 '엄마의 골목'이겠네."

엄마라는 골목.

☆

문제는 엄마였다.

털어놓으려 할까.

내 소설이라면 빼놓지 않고 모두 읽어왔지만, 당신의 이야길 써달라는 얘긴 꺼낸 적이 없었다. 2002년 여름 『나, 황진이』란 장편소설을 환갑을 맞은 어머니에게 바친다고 「작가의 말」에 적은 후 반응을 기다린 적이 있었다. 엄마는 문장이 참 곱다는 말만 두어 번 하곤 그만이었다. 내 삶은 황진이와 다르다거나, 그래도 이런 부분은 비슷하다는 평 정도는 나오리라는 건 어리석은 기대였다.

시간이 지날수록 엄마는 오히려 과거를 정리하려 들었다. 2010년 겨울로 기억한다. 모처럼 진해에 내려간 나는 부모님의 젊은 날을 살펴보고 싶어 앨범들을 찾기 시작했다. 그런데 집 어디에도 앨범은 없었다. 열 권이 넘던 두툼한 앨범이 모두 사라진 것이다. 결국 엄마에게 행방을 물었다. 엄마는 아무렇지도 않게 답했다.

"다 없앴다."

"그걸 왜 없애요?"

"지나간 거니까. 사라진 건 곱게 보내야 해."

"진짜 전부 없앤 건 아니죠? 아버지랑 찍은 사진들은 따로 모아놓으셨죠?"

마흔네 살에 홀로되신 엄마는 아이들 손이 닿지 않는 책장 제일 구석에 앨범을 올려놓고, 사별한 남편이 그리울 때마다 꺼내 보곤 하였다. 믿기 힘든 대답이 돌아왔다.

"그것들부터 제일 먼저 없앴지."

내 목소리도 높아졌다.

"왜 그러셨어요?"

"내 맘이다. 넌 그 앨범을 10년에 한 번 볼까 말까 하더니, 이제 와서 따지는 게 더 이상하단 생각 들지 않아?"

아버진 죽은 사람이라고 치고, 엄마는 당신 나오는 사진 당신이 없앴다고 쳐도, 내겐 할말이 남았다.

"그 사진엔 저도 있어요. 동생도 있고요."

첫돌부터 스무 살에 이르는, 우리 형제의 모습이 담긴 사진도 사라진 것이다. 대학에 가서는 따로 앨범을 사서 사진을 넣었다. 엄마와 함께 사진 찍는 일도 거의 사라졌다. 엄마는 내 눈을 한참 들여다본 후 말했다.

"사진 속 너와 지금 네가 같다고 믿는 건 아니지?"

"나일 먹었지요."

"나이뿐일까? 내가 보기에 사진 속 너와 지금 너는 완전히 다른 사람이야. 지금 네가 사진 속 너를 보며 추억에 젖는 걸 보고 싶진 않다."

"엄마는 같은 사람인가요? 사진 속 엄마와 사진 밖 엄마 자신이?"

"나야 똑같지. 하지만 넌 완전히 달라."

"대체 뭐가 그렇게 다르단 말씀이세요?"

"내 입으론 말 못하겠어. 살면서 달라진 구석에 관한 이야길 지어내는 건 네 직업 아니냐?"

"너무하셨어요. 적어도 제게 귀띔은 해주셨어야죠. 앨범이 한두 권도 아니고 열 권이 넘습니다."

"열세 권, 마지막 권은 절반까지 채웠고. 네가 이럴까 싶어 없앴어. 오늘 보니 내 생각이 옳았구나."

"오늘처럼 이러다뇨?"

"지금 너를 사진 속 너와 연결시키는 이런 짓! 사진에 기대면 아무것도 못한다. 차라리 모조리 없애버리는 편이 나아."

나는 말머리를 돌렸다.

"혹시 태운 사진들에 관한 기록을 엄마가 일일이 따로 해둔 건가요?"

"사진을 글로 옮겨? 누가 그딴 짓을 한다니."

"정말, 모조리 없앴나요?"

"그럼."

"어디에다 버렸어요?"

"왜? 찾아가보기라도 하려고? 추리물을 쓰더니 탐정 흉내를 곧잘 내는구나. 그만둬라. 내 이 두 손으로 직접 없앴으니까."

"직접?"

"태웠다. 수치 해안에 가서 모두 태우고, 초겨울 바다 보며 회 한 접시 먹고 돌아왔지."

어느 날 갑자기 사진을 태우듯 어느 날 갑자기 기억하는 입이 닫히면, 엄마의 삶을 알아낼 방법이 없다.

☆

엄마는 흔쾌히 승낙했다.

요구 조건은 하나였다.

봄과 여름과 가을과 겨울, 사계절 진해를 함께 걷고 쓸 것.

내가 민쟁 시인에게 내건 조건이기도 했다.

☆

그리고 엄마는 전화를 끊으며 혼잣말을 했다.

"남편과 걷던 길을 아들과 걷겠네……"

☆

골목에 대한 엄마의 생각은 극단적인 두 지점을 오갔다. 어떤 날은 이렇게 말했다.

"제각각 다르지만 결국 하나야. 그러니 힘들게 여러 곳을 다닐 필욘 없단다."

또 어떤 날은 이렇게 말했다.

"오늘 친구들이랑 프랑스 파리의 뒷골목에 대해 이야길 나눴단다. 가보지도 않고 그 골목이 그 골목이란 소릴 다 하더구나. 진해든 파리든, 모든 골목은 겉도 다르고 속도 달라. 비슷해 보이는 골목도 거길 누가 다녔고 거기서 무슨 일이 벌어졌었느냐에 따라 완전히 다른 분위기를 풍긴단다. 수많은 과일을 맛보지도 않고, 과일은 다 똑같다고 주장하는 사람이 있다면 정신병원으로 보내야지. 안 그러냐?"

☆

엄마는 1942년 일본 나고야에서 태어났다. 1946년 귀국선을 타고 돌아왔고, 진해 도천국민학교, 진해여중, 진해여고를 졸업하고 국민학교 교사로 8년을 근무하다가 결혼했다.

아버지는 1940년 평안북도 영변에서 태어났다. 한국전쟁 직전에 월남

했고, 진해 도천국민학교, 진해중, 진해고, 한양대 공과대학 광산학과를
졸업하고 도루코에 입사하여 근무하다가 결혼했다.

1985년 봄, 엄마는 남편과 사별했다. 아버지 나이 마흔여섯 살, 엄마
나이 마흔네 살이었다.

"외로울 땐 뭘 하세요?"
"기도!"

소설가가 된 후에도 오랫동안 나는 내 나이 열여덟 살에 아버지와 사
별한 것만 기억했다. 그때 엄마 나이가 불과 마흔네 살이란 데까지 이르
지 못했다. 내 나이가 마흔네 살을 넘어 마흔여섯 살까지 건너가버리자,
마흔여섯 살에 죽은 남자와 마흔네 살에 홀로된 여자가 눈에 들어왔다.
그들에겐 열여덟 살, 열여섯 살 철부지 아들까지 있었다. 그리고 30년이
지났다. 마흔네 살이던 여자는 일흔네 살이 되었다. 그 시간을 이 여자
는 어떻게 살아낸 걸까.

✿

「꽃 진 나무의 기억」(경향신문, 2004년 4월 28일)이란 에세이를 오래전에 쓴 적이 있다. 관광객은 벚꽃 만발한 새하얀 도시로 진해를 기억하지만, 진해 사람은 보름 정도의 흰빛에 이 도시의 아름다움을 빼앗길 마음이 전혀 없다. 다시 그 에세이를 찾아 읽으며 마음을 다졌다.

아장아장 걸음마를 할 때부터 대학 입학 전까지 해마다 꽃잎 분분 날리는 벚나무 아래에서 사진을 찍었다. 경남 마산시에서 청소년기를 보낸 나는 해마다 4월 초면 장복산을 넘어 진해시로 벚꽃 구경을 갔다. 아름드리 벚나무들이 인구 10만의 작은 도시를 온통 하얗게 감싸고 있었다. 또래 친구들과 만국기 휘날리는 거리를 다니며 고래 고기도 먹고, 서커스 구경도 하고, 해군 군악대의 행진도 보았다. 밤하늘을 수놓는 불꽃을 향해 박수도 치고, 흑백다방에서 똥폼을 잡은 채 클래식 음악에 쓴 커피를 홀짝이기도 했다. 진해는 그렇게 화사한 봄꽃의 도시로 20년 내내 내 곁을 맴돌았다.

정말 벚나무와 친해진 것은 스물여덟 살의 늦은 나이에 해군사관학교 교관으로 부임하면서부터였다. 해군 장교로 3년 동안 진해에 머무는 동안, 나는 전혀 다른 벚나무의 모습을 보았다. 1년 중에서 꽃이 피는 기간은 기껏해야 보름 남짓이고 나머지 350일은 꽃 없는 나무로 서 있었던 것이다. 4월이 오면 정말 이 나무가 흰 꽃을 피울 수 있을까. 더

욱 놀라운 사실은 350일 동안 이 도시의 시민들이 군항제는 물론 벚꽃에 대해 거의 이야기를 하지 않는다는 점이다.

올해도 어김없이 4월이 오고 벚꽃이 피고 군항제가 열렸다. 축제를 준비하며 진해시의 아스팔트는 새색시 몸단장하듯 다시 깔렸을 것이고, 하얀 약정복을 입고 특별 외출을 나온 사관생도들은 벚나무 아래로 투명 인간처럼 걸어갔을 것이다.

그리고 이제 다시 축제는 끝나고 벚꽃은 지고 있다. 차가운 봄비라도 한줄기 내리면 언제 그랬냐는 듯이 하얀 거리는 사라지리라. 상춘객 모두 떠나고 길거리에 줄줄이 섰던 먹거리 간이 천막도 자취를 감추면, 꽃 진 나무와 350일 동안 그 나무에 기대어 담배 피우고 술 마시며 살아갈 동네 사람들만 남는다.

꽃 지는 나무의 황량함을 아쉬워한 시는 많지만 꽃 진 나무의 단단함을 예찬하는 시는 드물다. 사람들은 누구나 빛나고 화려한 저마다의 전성기를 이야기한다. 한때 그 시절은 첫 키스의 추억처럼 강렬하고 짧다. 예술가들 중에는 그 짧은 순간에 불꽃같은 작품을 남긴 이들도 적지 않다. 그러나 보름 동안 꽃 피는 전성기보다 350일 동안 꾸준히 엽록소를 만들고 잎을 틔우는 벚나무가 내게 더 소중한 이유는 무엇일까. 손은 느리고 엉덩이만 무거운 장편소설가라서 그런지도 모르겠다.

✿

2015년 7월 20일에 첫 진해 산책을 나서기로 했다. 더위를 감안해서, 하루에 3시간 정도만 걷고 나머지는 엄마가 원하는 곳에서 차를 마시든 영화를 보든 책을 읽든 쉬기로 했다.

"내 맘대로 짜도 된다는 거지?"

"네."

"알겠다."

엄마는 엄마답게 승낙했다. 여기서 '엄마답다'는 것은 철두철미하게 계획을 짜서 그대로 실천하는 사람이란 뜻이다. 글자를 깨친 후부터 내가 가장 많이 한 짓은 도화지 가득 원을 그리는 것이고, 무게중심에서부터 선을 그어 원을 나눈 뒤 그 안에 할 일을 채우는 것이다. 엄마는 어떤 일이든 시작하기 전에 계획도부터 만들어오라고 했다. 내가 내민 계획도를 고치라고 요구한 적은 없었다. 소설가가 된 지금도 나는 계획도부터 만든다. 일단 원 하나를 그린 뒤, 그걸 하루로 보기도 하고 한 달로 보기도 하고 1년으로 보기도 한다.

엄마는 나와 함께 걷기 위해 원을 몇 개나 그릴까.

✿

엄마는 미리미리 준비했다. 고속버스로 여행을 할 때도 차가 출발하기

엄마의 골목

한 시간 전에 벌써 터미널 대합실에 앉아 있어야만 했다. 내가 오후 2시쯤 고향집에 도착할 예정이라고 알리면, 엄마는 새벽부터 집 청소를 말끔하게 한 뒤, 오후 1시부터 대문 앞에 나와 기다리다가, 30분을 남기고는 기어이 골목을 지나 버스 정류장까지 마중을 나왔다. 거기서도 또 30분을 더 간이 벤치에 앉아 기다린 뒤에야 나를 만날 수 있었다. 딴 일을 보시다가 2시에 맞춰 현관문만 열어주면 된다고 했지만, 엄마는 고개를 저었다. 아들을 맞이할 때는 온종일 아들만 생각하고 싶은 것이다.

☆

  엄마는 항상 창 쪽에 앉았다. 기차의 경우엔 역방향이 어지럽다며 순방향을 택했다. 시간이든 기차든 거슬러올라가는 것은 싫다고도 했다. 엄마는 기차가 출발한 뒤엔 화장실에 다녀오는 법이 없었다. 여행 전날부터 마시는 물의 양을 줄이고, 출발 직전에 역사 화장실에 다녀온 뒤, 창 쪽에 앉고선 종착지까지 꼼짝도 하지 않았다. 옆에 앉는 낯선 이에게 손톱만큼도 불편함을 주고 싶지 않다는 것이다. 나와 함께 여행할 때도 엄마는 항상 창 쪽을 택했다. 편하게 하시라 권해도, 항상 그 자리에서 그 자세로 꼿꼿했다.
  나는 늘 복도 쪽을 선호했다. 다리도 밖으로 뻗을 수 있고, 복도를 잠시 걷고 싶을 때도 옆 사람 눈치를 볼 필요가 없었다. 창 쪽 사람이 화장

22

실이나 복도를 오갈 때는 빠져나갈 공간을 내줘야 했다. 나는 앉은 채로 허리와 다리만 돌리지 않고, 아예 일어나서 복도 쪽으로 먼저 나와 서는 편을 택했다. 영화관에서는 특히 제일 끝자리만 골라 앉았다.

엄마와 내가 함께 여행을 다닐 땐 자리를 두고 다투지 않았다. 달라서 어울리는 사이란 이런 걸까.

☆

7월 6일, 자정 직전에 동생에게서 전화가 왔다. 엄마 얼굴부터 떠올랐다. 깊은 밤 걸려오는 전화는 불길하다. 엄마와 함께 진해를 걸어보기로 약속한 날로부터 14일 전이다.

"입원하셨습니다. 침대에서 내려와 걷다가 넘어지셨대요. 진해연세병원입니다."

7일 새벽 KTX를 타고 내려갔다. 잠을 설쳤지만 졸음이 밀려오진 않았다. 일주일째 조금씩 읽어나가던 슈테판 츠바이크 회고록 『어제의 세계』 (곽복록 옮김, 지식공작소, 2014)를 폈다. 이 문장이 가슴에 와 닿았다.

누군가를 자기 혼자서 사랑한다는 것은 언제나 두 배로 사랑하는 것을 의미한다.

엄마 의 골목

이런 문장들이 떠올라 공책에 끼적였다 : 골목을 안다는 것은 무엇인가? 폭과 길이와 벽의 재료를 안다는 것? 그 골목을 오간 이들이 누구였고, 거기서 일어난 사건들을 안다는 것? 그리고 그 공간을 문장으로 적는다는 것은 또 무엇인가? 3차원을 2차원으로 옮기기. 그리고 2차원을 통해 3차원을 상상하기. 문장을 거쳐 상상된 골목은 맨 처음 내가 걷던 골목과 얼마나 같고 다른가. 그 유사점에서 우린 무엇을 얻고 잃으며, 그 차이점에서 우린 또 무엇을 잃고 얻는가.

마산역에 도착한 뒤 택시를 타고 장복터널을 지나 진해로 향했다. 환자복을 입은 엄마는 허리에 복대를 차고 링거 거치대를 끌며 복도에 서 있었다.

"바쁜데, 왜 왔어?"

늘 이런 식이다. 반가운 마음은 숨긴 채, 내려올 일이 아니었다는 지적부터 한다. 일흔넷 엄마에게 낙상은 치명적일 수도 있다. 더군다나 이 글을 쓰게 만든, 지난 5월 이승을 떠난 엄마의 친구 역시 척추뼈부터 부러지기 시작했다고 하지 않았는가. 나는 되물었다.

"왜 나오셨어요? 가서 누우세요."

동생은 2인실을 잡아뒀다고 했다. 교통사고를 당한 70세 여자 환자와 같은 병실을 쓰는 것이다.

"답답해서. 허리에 금 조금 간 게 무슨 죽을병이라고."

"죽진 않겠지만, 20일부터 '걸어본다 진해'를 저랑 하겠다는 약속은 못 지키게 되셨습니다. 침대에서 내려온 다음에 왜 넘어지신 거예요?"

동생에게 먼저 전화로 물었지만, 엄마가 답을 안 한다고 했다.

"이번에 같이 못 걸으면 이 책 못 내는 거냐?"

엄마 얼굴에 걱정하는 빛이 스쳤다.

"왜 다치셨는지 우선 말씀해보세요."

"저녁 9시에 뉴스를 보다가 살짝 잠들었는데, 소리가 들렸어."

"어떤 소리요?"

새벽 4시 반이면 일어나서 새벽 기도를 가는 엄마였다. 어둠 속에서 찬송가 소리가 종종 들린다고, 내가 아주 어렸을 때부터 말하곤 했다.

"하모니카 소리. 아주 멋지게 불더라고. 자면서도 귀를 기울였지. 반주까지 흠 잡을 데가 없었어. 나도 반주를 부드럽게 넣고 싶은데, 이상하게 혀가 잘 안 움직이더라고. 15년 전에 구안와사가 오는 바람에 입이 조금 돌아갔다가 이틀 만에 침 맞고 풀렸거든. 완쾌되었다고 여겼는데, 아니었나봐. 너무 부러운 연주더라고. 그런데 더 귀기울여보니, 숨소리가 익숙했어. 사람마다 숨소리가 제각각인 건 알지? 그 숨소린 바로 내가 만드는 소리더라고. 너무 놀라 침대에서 일어났고, 그 소리를 따라 걸었지. 하모니카 연습대까지 갔는데, 갑자기 발밑에 뭐가 밟히는 거야. 하모니카였어. 내 몸보다 아끼는 하모니카가 왜 거기 바닥에 떨어져 있었는지 모르겠네. 하여튼 그 바람에 균형을 잃고 쓰러졌어. 넘어져 허리가 아픈 것도 아픈 거지만, 멋진 연주가 갑자기 멈춘 거야. 너무나도 안타까웠어. 더 듣고 싶었는데…… 그런데 정말 그 연주를 한 사람이 나였을

엄마의 골목

까? 난 아직 실력이 한참 모자라는데. 타임머신을 타고 미래에서 오기라 도 했을까? 궁금해 정말. 넌 어떻게 생각해?"

☆

일상의 반복은 무게중심을 어디에 두는가와 연관이 있다.

엄마는 하루의 중심을 새벽 기도에 두었다. 새벽에 교회 버스를 타고 예배실로 가서 기도를 드리지 않으면 하루종일 불편하고 불안하다고 했 다. 새벽 집필이 내 하루의 중심이 된 지도 20년이 넘었다. 아침에 글을 쓰지 않고 청중 대부분이 주부인 오전 강연에 나갔다가, 이야기를 마친 뒤 손이 떨린 적도 있었다.

엄마의 새벽과 나의 새벽은 시간대가 다르다. 엄마는 4시 반부터 교회 갈 준비를 하지만, 나는 빨라야 6시다. 6시는 엄마가 교회에서 새벽 기도 를 마친 후 교회 버스를 타고 집으로 돌아올 시간이다. 돌아온 엄마가 잠 시 눈을 붙이려 할 때, 나는 눈을 뜨고 원두커피를 내리고, 바흐 무반주 첼로 모음곡을 틀고, 따듯한 물에 손을 넣고는 첫 문장을 떠올린다. 엄마 는 잠시 쉬고 아들은 쓴다.

✿

예지몽은 엄마의 특기다. 이른 새벽 전화벨이 울릴 땐 엄마가 지난밤 꿈을 꾼 것이다. 열에 아홉은 꿈이 흉하니 몸가짐을 삼가라는 이야기였다. 길몽일 때는 내게 무슨 소설을 쓰느냐고 물었다. 길몽이 들어맞은 적은 한 번도 없었지만 흉몽은 때때로 적중했다. 전화를 받은 후 약속을 취소했던 극장에서 불이 난 적이 한 번, 만나기로 한 사람과의 약속을 미뤘는데 그가 나중에 사기꾼으로 밝혀진 적이 한 번.

엄마는 예지몽을 아들에게 갖다대긴 잘했지만 자기 자신에겐 서툴렀다. 입원할 걸 알았다면, 하모니카 소리를 따라 컴컴한 방을 돌아다녔을 리 없다.

✿

7월 7일부터 7월 9일까지 엄마를 간병하며 병실에서 묵었다. 결론부터 밝히자면, 걷기 전에 사흘 동안 엄마 곁에 머문 것이 다행이었다. 함께 둥근 원 안에 계획도를 그린 시간이라고나 할까. 엄마가 자신의 이야기를 그렇듯 집중적으로 내게 쏟아놓은 것도 그 사흘이 처음이었다. 그전에도 간간이 이 사람 저 사람, 이 길 저 길에 관한 이야길 들려주긴 했지만, 나는 그것을 기록할 여유가 없었고 엄마 역시 그 골목들을 다시 걸으리라곤 여기지 않았다. 나는 다른 이야기들 속을 헤매느라 바빴고, 엄

마에게 진해의 골목들은 언제든 가서 거닐 수 있는 곳이기에 따로 관심을
둘 필요가 없었다. 내겐 아직 멀고 엄마에겐 지나치게 가까웠던 것이다.

엄마는 함께 걷고 싶은 길들을 꺼내며, 문득문득 말했다.

"여긴 25년 전에 갔었고."

"여긴 네가 국민학생일 때 갔으니, 40년 전이네."

압권은 안민고개였다.

"여긴 내가 다섯 살 때 내 할머니 손잡고 갔던 길이야. 너도 기억나지
구석할매?"

엄마의 할머니, 그러니까 외증조할머니는 아흔세 살까지 장수하였다.
내가 어렸을 때도 살아 계셨으니까. 당신은 늘 방의 모서리에 등을 대고
앉아선 긴 담뱃대에 불을 붙여 연기를 뿜었다. 그래서 우리는 당신을 '구
석할매'라고 불렀다. 그리고 깍듯하게 높임말을 쓴다기보다는, 옛날이
야기 속 등장인물 대하듯, 편하게 높임말과 낮춤말을 섞어 썼다. 우리가
어떤 식으로 말하든 구석할매는 구석에서 주름이란 주름은 모두 잡으며
천진난만하게 웃기만 했다. 엄마가 다섯 살 때라면, 69년 전이다.

"구석할매의 친정이 바로 이 고개 너머 창원 월림이었어. 할매의 오빠
가 한 분 거기 살고 계셨지. 그때만 해도 진해에서 창원 월림까지 가는
길이 마땅찮았단다. 대부분 안민고개를 넘어 다녔지. 그날 왜 할매가 나
이 많은 언니들 대신 내 손을 쥐고 길을 나섰는지는 모르겠어. 이른 새벽
부터 걸었단다. 꼬불꼬불한 오르막길을 오르고 또 올랐지. 다섯 살 아이

가 감당하기엔 너무 힘든 길이었어. 내가 울음을 터뜨리자, 할매가 눈을 크게 뜨고 이렇게 말했어. '자꾸 울면 숲에 버리고 갈 거다!' 나는 울음을 뚝 그쳤지. 하루를 꼬박 걸어 월림에 닿았을 땐 이미 어둑어둑 해가 다 졌어. 나는 저녁도 먹지 않고 방에 눕자마자 곯아떨어졌지. 목이 말라 중간에 잠깐 깼는데, 할매는 오빠와 마주보고 앉아선 두런두런 이야기 나누고 있었어. 간간이 웃음소리도 들렸어. 할매의 웃음이 그렇게 낯설 수가 없었지. 이틀을 더 머문 뒤, 길을 되돌아왔지. 갈 때 힘들던 순간들 그리고 고개에 올라섰을 때 바라본 진해와 창원의 풍경은 눈에 선한데, 올 때 기억은 없네. 새처럼 날아서 그 험한 고개를 넘어온 것도 아닐 텐데 말씀이야."

☆

안민고개 하면 내게 떠오르는 단어는 '야간 행군'이다. 1995년 늦은 봄, 지옥주地獄週라고 불리는 가장 고된 훈련 기간의 마지막이 바로 안민고개까지 다녀오는 야간 행군이었다. 훈련도 고되었지만 식사할 틈이 없어서 일주일을 굶다시피 했다. 완전군장을 하고 행군에 나선 시각이 저녁 9시를 넘었다. 시내를 걸을 때는 그래도 버틸 만했다. 교육사령부 담벼락을 넘어가기만 해도 풍경은 물론이고 냄새가 다르다고 말하던 때였으니까. 군복을 입지 않은 시민들을 보는 것만으로도 눈에 힘이 들어갔다. 평지가 끝나고 오르막길이 시작되자 한 걸음 한 걸음이 정말 지옥 같았다. 민간인도, 거리의 불빛도, 자동차의 경적도 한순간에 사라지고, 어둠 속에서 일렬로 걸어가는 전우의 뒷모습만 흐릿했다. 군홧발 소리가 발목을 붙잡고 땅속으로 꺼지는 듯했다. 훈련관이 목에 핏대를 세우며 외쳤다.

"앞사람만 봐. 전우를 믿고 한 걸음 한 걸음 최선을 다하는 거다. 알겠나?"

산 아래 도시의 야경을 보거나 도로 옆 숲의 어둠을 보는 것 모두 위험했다. 저 밝음도 나의 것이 아니고 저 어둠도 나의 것이 아니다. 나는 지금 완전한 밝음에서 출발하여 완전한 어둠을 향해, 전우의 등을 길라잡이 삼아 올라가는 중이다. 길은 가파르고 좁고 꼬불꼬불하다. 한 발만 헛디뎌도 굴러떨어져 큰 부상을 입는다. 선배 기수들이 피곤에 절어 졸면서 안민고개를 올랐다는 풍문도 들렸지만, 나는 오를수록 숨이 찼고 또 그만큼 정신이 맑아졌다. 여기가 지옥이라면 지옥의 끝을 보고 싶단 생각까지 들었다.

얼마나 걸었을까. 선두에 선 소대원들로부터 아주 긴 함성이 터져나왔다. 목적지인 고개 정상에 도착한 것이다. 그 소리를 비타민 삼은 전우들 걸음이 빨라졌다. 5분 남짓 더 올라가니 정상이었다. 나 역시, 5분 전에 들은 것처럼 긴 함성이 저절로 나왔다. 소대별로 모여 앉아 쉬는데, 초코파이가 밤참으로 지급되었다. 세상에서 가장 맛있는 초코파이였다.

✿

그 사흘 동안 엄마가 머릿속으로 걸어다니며 내게 설명한 길은 아래와 같다.

철길 ― 진해여중, 진해여고 시절 자주 걷던 길

여좌동길(앙어장길) ― 학창 시절 소풍 다녔던 길,

　　　　　　　　　　　어른이 된 후에도 자주 나들이 다닌 길

탑산길

흑백다방 부근 산책길

속천 바닷가길

장복산길

길 하나당 평균 세 시간 남짓 이야기를 풀어냈다. 내가 녹음하려고 휴대폰을 꺼내면, 엄마는 말을 멈췄다.

"나중에 걸을 때 새로 다 이야기해줄 건데, 뭣하러 녹음해?"

"이것도 해두고 나중에도 할게요."

"택해!"

"네?"

"오늘 걸 녹음할 건지, 나중에 같이 걸으며 들려주는 이야길 녹음할 건지, 둘 중 하나를 택하라고."

"왜 딱 하나만 골라야 합니까?"

"골목이 하나이듯 거기에 관한 내 이야기도 하나면 좋겠어."

"하지만 오늘도 벌써 세 시간째 이야길 하시잖아요? 나중에 또 그보다 더 말씀하실 것이고."

잠시 침묵하던 엄마가 답했다.

"오늘 이건 연습이야, 사라져야 마땅한…… 진짜 골목을 걸으며 나눈 얘기도 아니잖아. 여긴 병실이라고. 난 허리를 다쳐 꼼짝달싹 못한 채 누워 있고. 혀로 걷는 거랑 발로 걷는 거랑 같을 리가 없지."

오늘은 공책에 메모만 정신없이 했다.

✿

그리고 엄마는 걷고 싶은 길이 또 있다고 했다. 꼭 진해에 속해야만 하느냐고 물었다. 제목은 '걸어본다 진해'지만, 엄마의 바람에 따라 어느 정도 그 외 지역도 가능하다고 적당히 답한 뒤, 가고 싶은 곳이 어디냐고 이어 물었다. 엄마는 국민학교 네 군데라고 답하였다. 1961년부터 1968년까지 엄마가 근무한 학교들.

　　고성군 동해면 대장초등학교
　　부산시 강서구 천가초등학교(가덕도)
　　창원시 성산구 안남초등학교

창원시 진해구 경화초등학교

나는 네 군데 모두 가겠다고 답했다. 나중에 검색해보니, 대장초등학교는 폐교되었고, 나머지 세 학교는 지금도 학생들이 공부하고 있었다.

☆

병원에선 2주 입원 후 수술을 권했다. 그러나 엄마는 입원 일주일 만에 퇴원했고, 수술이 필요 없다고 하는 마산의 다른 병원으로 통원치료를 받으러 다니기 시작했다. 허리에 칼을 대면, 더이상 큰아들과 진해를 걸으며 책을 만드는 작업을 하기 어렵다고 짐작한 것이다. 엄마의 예측이 틀리진 않았다. 그래도 책보다는 엄마 건강이 훨씬 중요하다. 나는 통원치료를 권하는 병원에 가서 의사와 상담했다. 의사는 엄마의 CT 사진을 보여주었다. 수술은 최악의 경우에 선택하는 것이며 아직 그 단계엔 이르지 않았다고 했다. 7월 20일은 불가능하고, 8월도 어렵겠지만, 물리치료를 꾸준히 받으면 9월엔 가벼운 산책 정도는 가능하겠다는 의견도 냈다. 여름에 걷는 것은 포기하고 가을을 기다리는 것이 지금으로선 최선이다.

✿

　기다린다는 말이 견딘다는 뜻임을 국민학교 6학년 때 처음 알았다. 단편에서도 썼듯이, 그해 나는 창원시 웅남국민학교에서 마산시 봉덕국민학교로 전학을 했고 폐결핵에 걸렸다. 다행히 전염성은 아니라서 휴학하진 않았지만, 체육 시간엔 언제나 혼자 남아 빈 교실을 지켜야 했고, 달리는 것이 금지되었다. 느릿느릿 걸으며 병이 완쾌될 때까지 1년을 기다렸다. 그때 나는 견뎌야 했다. 친구들처럼 운동장을 맘껏 달리고 싶은 바람을 꾹꾹 눌러야 했던 것이다. 점심시간이나 체육 시간에 땀 냄새 풀풀 풍기며 들어오는 친구들을 피해 미리 뒤뜰로 나가 걸었다. 나무와 벤치 사이를 서성거렸다. 기다린다는 것은 견딘다는 뜻이고 견딘다는 것은 '혼자' 견딘다는 뜻임을 그때 또 깨달았다.

　졸업을 며칠 앞두고 엄마와 함께 병원으로 갔다. 의사는 내 가슴을 찍은 엑스레이 사진을 곰곰이 들여다보더니, 완쾌 판정을 내렸다. 더이상 약을 먹을 필요도 없고, 달리기를 금하지 않아도 된다는 것이다. 나는 병원을 나서자마자 집까지 달려가고 싶었다. 버스를 타도 열두 정거장이 넘는 먼 길이지만, 그날은 달리고 또 달려도 지칠 것 같지 않았다. 발뒤꿈치를 들고 무릎을 구부리며 엄지발가락에 힘을 실어 달려나가려는 순간, 작은 울음이 뒤통수에 닿았다. 돌아보니, 엄마가 오른손바닥으로 입을 막은 채 눈물을 흘리고 있었다. 내가 견디며 기다리는 동안, 엄마는 그런 나를 '혼자' 바라보며 견디고 기다렸던 것이다. 어린 나는 때론 짜증도 내고 때론 울기도 하고 때론 엄마 몰래 운동장을 한 바퀴 달리기도 했지만, 엄마는 묵묵히 나를 지켜보았다. 그 1년 동안, 엄마는 한 번도 감정을 드러내지 않았던 것이다. 나보다 엄마가 백배는 더 힘들게 견디며 기다린 셈이다.

　나는 달리지 않고 천천히 엄마와 함께 두 정거장을 걸었고, 그다음엔 버스를 타고 집으로 왔다.

☆

　삶은 계획대로 흘러가지 않는다. 계획도를 아무리 근사하게 만들어도, 매일매일을 그대로 지키긴 어렵다. 몇 번 엄마에게 거짓말을 한 후 친구들과 놀러 다니다가 들키기도 했다. 엄마는 나를 집 밖으로 데리고 나가 벽에 세웠다. 창원군에 살 땐 집 앞에 나무들이 무성한 언덕이 있었다. 어둠이 깔린 숲을 혼자 보고 있노라면, 무서웠다. 먼저 낯선 소리들이 밀려왔고 뒤이어 알아보기 힘든 형체들이 일렁거렸다. 눈을 감거나 귀를 막아도 그 소리와 형체는 사라지지 않았다. 동생과 함께 벌을 설 때도 있었는데, 동생은 15분도 넘기지 못하고 울음을 터뜨렸다. ……나는 견뎠다. 겨울에는 추위와도 싸워야 했지만, 엄마에게 먼저 용서를 구하진 않았다. 차라리 숲으로 들어가서, 그 숲의 일부가 되고 싶다는 생각이 들었다. 아버지가 엄마 대신 문을 열고 나와선 나란히 섰다. 내 눈길을 따라 어둠을 쳐다보며, 아버지는 짧게 물었다. 그럴 땐 이상하게도 평안도 사투리가 슬쩍 얹혔다.

"뭐이가 있나?"

나는 피하지 않고 견디는 중이라고 답하고 싶었지만, 그렇게 단정한 문장이 떠오르진 않았다. 아버지는 내 야윈 어깨를 감싸며 덧붙였다.

"담부턴 그러지 말라우."

☆

필사筆寫가 유행하기 한참 전에 엄마는 성경 필사에 매달렸다. 엄마의 글씨는 크고 시원시원하면서도 둥글고 정갈한 느낌을 줬다. 엄마는 내게도 필사를 권했지만, 나는 따르지 않았다. 성경 속 문장을 고스란히 공책에 옮겨 적는 것보다는 그 문장에서 떠오르는 단어나 문장을 공책에 아무렇게나 끼적이는 것이 더 좋았다. 엄마는 그런 내 상상의 부스러기들을 '낙서'라고 깎아내렸다.

나중에 장편작가가 된 후, 내 작품을 필사중이라는 독자를 드물게 만났다. 필사에 들인 시간과 노력이 얼마나 대단한가를 모르는 것은 아니다. 마땅히 칭찬받아야 하고 존중되어야 한다. 하지만 곧이곧대로 옮겨 적는 필사가 적어도 내겐 지루한 놀이였음을 고백하지 않을 수 없다. 지금도 나는 책을 '더럽게' 사용한다. 밑줄을 긋거나 박스를 치는 것은 물론이고, 네 귀퉁이 여백에 낙서를 하고, 그것도 모자라면 뒷장까지 상상의 부스러기들을 이어간다.

　삶과 다르게, 역사와 다르게, 마음과 다르게, 기억과 다르게, 눈물이나 한숨과도 다르게, 똑같은 문장이 없을 만큼 다르게 적힌 상상의 부스러기들로 만들어진 이야기가 소설이 아닐까.

☆

　"젖이 유난히 많았어. 네게 충분히 먹인 뒤에도 계속 흘러내렸으니까. 하루에도 서너 번 서츠를 갈아입어야 했지. 조금만 방심해도 앞이 젖어 외출도 삼갔단다. 넌 배가 부를 때까지 먹은 다음에도, 계속 먹으려고 들었어. 억지로 떼어놓으면, 울음을 터뜨리기 직전, 2초나 3초쯤 날 빤히 올려다봤지. 원망 가득한 눈으로 말이야. 요즘도 가끔 그 눈동자가 떠올라. 미소 짓게 만드는 눈이지. '엄마, 조금만 더 먹으면 안 돼요?' 절반은 그래도 젖을 안 줬지만, 나머지 절반은 아주 조금 더 네게 먹였단다. 누구라도 그 눈동자를 봤다면, 마음이 움직이지 않을 수 없었을 거야. 그게 너란다. 내 아들!"

✿

"말이 늦었어. 네 사촌 형과 외사촌 누이가 잔나비띠 한 해에 태어났잖아? 근데 형과 누나는 말을 쉽게 배우는데 너만 단어를 제대로 발음하지 못하는 거야. 옹알거리기만 할 뿐. 그땐 네가 평생 단어를 골라 글을 쓰는 소설가로 살 줄은 상상도 못했지. 병원에라도 데려가야 하나 걱정했지. 혀나 성대는 괜찮은지, 뇌에 무슨 이상이라도 있는 게 아닌지. 한의원에 가서 진맥도 짚어보고 침도 맞았어. 하지만 소용이 없었단다. 그러던 어느 오후였어. 햇살이 한가득 방으로 들어왔지. 넌 자고 있었고, 난 빨래한 옷들을 개느라 부지런히 손을 놀렸어. 그러다가 졸음이 밀려와서 나도 깜빡 졸았나봐. 모로 쓰러져 왼쪽 귀를 바닥에 댔던 게지. 갑자기 내 오른쪽 귀에 두 글자가 선명하게 들리는 거야. '엄마'. 그날이었어. 네가 처음 단어를 말한 날! 그 단어가 바로 '엄마' 야. 바로 나, 엄마!"

✿

"말은 늦었지만, 글은 금방 깨쳤어. 그땐 유치원도 안 보냈지. 국민학교 입학 전에 어른들 어깨너머로 두 가질 배우더구나. 하나는 바둑. 너도 알다시피 네 외할아버지랑 아빠가 호적수잖니? 강한 1급 두 사람은 만나기만 하면 바둑을 뒀는데, 어느 날 보니 네가 그 옆에 앉아서 구경하더라고. 그러더니 너 혼자 바둑판에 흑돌과 백돌을 번갈아 놓더라. 그 길로 빠질까봐 내가 바둑판을 치워버렸어. 요샌 두뇌 개발을 위해 일부러 아이들에게 바둑을 가르치기도 하더라만, 그땐 그게 좋아 보이지 않았거든! 그다음에 네가 글을 읽었지. 집에 이런저런 책들이 꽤 있긴 했어. 내가 시집과 수필집을 좋아하니까, 여러 권 사두었지. 너를 위해 그림책이나 동화책을 사기도 했지만, 그걸 공들여 읽어주며 글자를 가르친 기억은 없어. 네가 그냥 어느 날인가부터 글을 읽더라고. 그게 너야. 내 아들!"

☆

내가 국민학교에 입학한 후, 엄마는 이야기책을 계속 사줬다. 국민학교 3학년 무렵, 시리즈물을 접한 후 내 책읽기는 눈에 띄게 달라졌다. 명탐정 홈스가 등장하는 『주홍색 연구』부터 계속 홈스 이야기를 찾아다녔고, 그 관심은 곧 괴도 뤼팽과 탐정 푸아로로 옮겨갔다. 일어 중역 해적판 추리소설들이 3단 책장을 가득 채웠다. 엄마는 방과후 숙제를 마친 다음 저녁을 먹기 전까지 이 책들을 읽어도 좋다고 했다. 숙제가 많은 날엔 여유 시간이 한 시간도 채 되지 않았다. 그땐 문장을 음미하며 읽는 것보다 줄거리를 파악하고, 홈스의 추리를 이해하는 것이 급선무였다. 한 시간에도 책 한 권을 읽었고, 30분에도 책 한 권을 읽었으며, 나중에는 15분에도 책 한 권을 읽었다. 완전히 이해하긴 부족한 시간이었기 때문에 생각의 빈 부분은 나만의 상상으로 채워야 했다. 홈스의 추리와 내 상상이 부딪치면, 다시 그 책들을 읽어야 했다. 같은 책을 반복해서 읽는 재미가 쏠쏠했다. 똑같은 문장을 필사하지 않듯이, 똑같은 문장을 반복해서 읽는 것도 나는 싫었다. 처음엔 중요하게 여긴 문장도 두번째는 스치듯 지나갔고, 두번째 스치듯 지나간 문장이 세번째엔 결정적인 복선으로 자리잡기도 했다.

엄마는 가끔 내게 와서 오늘 읽은 이야기책의 줄거리를 물었다. 같은 책을 두세 번 읽는 이유를 묻지도 않았고, 왜 같은 책의 줄거리가 매번 달라지는가를 따지지도 않았다. 그냥 내 이야기를 다 듣고 나선, 짧게 묻기만 했다. 나로 하여금 쉼 없이 줄거리를 이야기하도록 만드는 물음이기도 했다.

"다음엔 무슨 책을 사줄까?"

☆

"다음엔 무슨 책을 사줄까?"라는 물음은, '다음은 어떤 인생을 살래?'라는 물음과 같았다. 엄마가 사오는 책에는 누군가의 삶이 담겨 있었다. 그 책을 읽지 않았더라면 알기 어려웠을 나날이 구석구석 오밀조밀 펼쳐졌다. 그때부터였을까. 나는 이야기가 대부분을 차지하는 소설이나 만화 외에도 어떤 책이든지 쥐면 그 안에서 이야기를 찾고 없으면 만들어넣는 버릇이 생겼다. 가령 엄마가 산 요리책이나 아버지가 산 광물질 연구서를 넘기면서도, 나는 이야기를 즐겼다. 요리 재료나 광석에 이야기가 숨어 있다가 나를 마중 나오기라도 하는 것처럼.

요즈음 읽는 과학서들도 마찬가지다. 별자리 전설을 찾지 않더라도, 다양한 별들을 찍은 사진만 봐도 이야기들이 흘러나왔다. 작은 뼛조각 하나를 두고 밤을 새워 치맥을 즐기기도 했다. 우주를 다른 말로 표현한다면 '이야기'라고 하고 싶다. 그리고 그 이야기를 가장 쉽게 접할 수 있는 방법이, 엄마의 이야기를 즐겨 듣기 전까진, 바로 책이었다.

☆

9월 5일부터 엄마는 진해를 걷자고 했다. 의사는 10월을 권했지만, 그녀는 그날을 고집했다.

나는 두말하지 않고 9월 5일 9시 10분 마산행 KTX에 몸을 실었다. 그날은 치숙痴叔이라고 불렸던, 죽은 막내 외삼촌의 기일이었다. 나는 그와 나눈 문학적 대화들을 중편소설로 옮겨 「앵두의 시간」이란 제목으로 2015년 『작가세계』 여름호에 실었다. 엄마는 중편 하나론 부족하니 소설을 더 쓰라고 권하며 '단추의 공간'이란 제목까지 정해줬다. 나는 그 제목이 썩 마음에 들지 않았다. 엄마는 9월 5일 기일에 내려오면 제목을 그렇게 정한 까닭을 알려주겠노라 하였다.

엄마의 잠복

역에 도착하니 한국국토정보공사에 다니는 동생이 차를 끌고 마중을 나왔다. 함께 진해로 넘어갔다. 동생은 가는 내내 드론을 이용한 새로운 측량 공법에 관해 설명했다. 예전엔 섬을 측량하려면 배를 타고 둘레를 돌거나 헬리콥터를 띄워 섬을 살폈지만, 지금은 드론 하나만 있으면 섬 전체를 3D 영상으로 만들 수 있다는 것이다.

엄마와 함께 셋이 식당에서 생선모듬구이를 먹었다.

"몸은 어떠세요?"

엄마의 얼굴에서부터 허리까지를 찬찬히 살폈다. 엄마가 셔츠를 슬쩍 밀어올려, 러닝 위에 두른 복대를 보여줬다. 척추 3번에 살짝 간 금이 저절로 붙기까지, 그리고 붙은 다음에도 부상을 막기 위해 당분간은 복대를 하고 걸어야 한다는 것이다.

"요놈만 좀 귀찮아. 땀띠가 날 정도라니까."

"많이 불편하십니까?"

"사는 게 그런 게지. 칠순 넘긴 나이에 수술대에 오르지 않은 것만도 감사할 따름이다."

"오늘은 외삼촌 기일만 챙기고, 걸어보는 건 다음에 따로……"

엄마가 말허리를 잘랐다.

"나 죽고 나서 할래?"

동생은 고등어 살점을 집으며 가만히 웃기만 했다.

탑산부터 오르기로 했다. 탑 꼭대기 전망대에 서면 진해 시내는 물론 앞바다까지 한눈에 보였다. '걸어본다 진해'의 첫 산책로로는 최적이었다.

계단을 따라 유료 케이블카가 설치되어 있었지만, 진해 사람 중 그걸 이용하는 이는 없었다. 엄마는 7월에 허리를 다친 후로 운동 삼아 천천히 탑산을 하루에 한 번씩 올라간다고 했다. 동생은 뒷짐을 진 채 올랐고, 나는 가쁜 숨을 고르느라 바빴다.

1년 계단이라고 불렀다. 계단의 수가 365개란 뜻인데, 헤아려본 적은 없었다. 엄마도 동생도 마찬가지였다. 이번엔 제대로 세어볼까 하고 계단을 오를 때마다 숫자를 마음속으로 읊었다. 그러나 꿩 한 마리가 길게 울며 가까운 숲에서 날아오르자, 숫자도 함께 날아가버렸다. 150계단쯤 오르곤 잠시 쉬었다. 늘 쉬는 곳처럼 보이는데도, 엄마는 운동이 부족한 큰아들 핑계를 댔다.

"여길 몇 번이나 오르셨을까요?"

"적어도 천 번은 올랐겠지."

"천 번 중에서 가장 기억에 남는 날은 언젠가요?"

"1968년 10월."

내가 태어난 해와 달이다. 그땐 만삭이었을 텐데, 이 가파른 계단을 올랐다고?

엄마가 갑자기 내 등을 손바닥으로 찰싹 때렸다. 놀란 눈으로 돌아보자 웃으며 이야기를 시작하였다.

"예정일이 지났는데도 네가 나오질 않았어. 초산인데다가 애기가 세상 구경을 하기 싫은지 전혀 움직임이 없었어. 진료실 창문에서 탑산이 보였지. 의사가 팔을 천천히 들더니 검지로 탑산을 가리키며 말했어. 저 길 올라갔다가 내려오라고."

"무슨 그런 막돼먹은 의사가 다 있어요? 계단에서 다치기라도 하면 어쩌려고…… 그래서요? 설마 그 몸으로 탑산을 오른 건 아니죠?"

"올랐지. 그래야 애가 나온다는데. 한 번도 아니고 두 번, 두 번도 아니고 세 번 오르락내리락했어. 그리고 예정일을 넘겨 18일 만에 널 낳은 거야. 그때 고생한 것에 비하면, 복대 하나 차고 오르는 오늘은 아무것도 아냐."

"저는요?"

동생이 불쑥 끼어들었다.

"넌 애가 거꾸로 들어서서 또 죽을 고비를 넘겼지. 하여튼 너희 둘 낳느라 고생한 거 생각하면 끔찍해. 그래서 네 아버지에게 당장 정관수술 받으라 했지. 이 짓을 삼세번 할 순 없다고."

잠깐 함께 웃었다. 엄마가 손가방에서 주섬주섬 뭔가를 꺼냈다. 하모니카였다. 그걸 오른손바닥에 툭툭 털며 내게 물었다.

"넌 요즘 새로 배우는 거 없니?"

"없어요, 그딴 거."

"운전이라도?"

"대중교통 이용하고 걸어다니는 게 편해요."

"목공일은 어떠냐? 텔레비전 보니 자기가 쓸 책상이나 의자 혹은 책장을 짜는 사람이 꽤 있던데……"

"목수가 되라고요? 장편작가로 책 내면서 나무한테 지은 죄가 탑산보다 높습니다."

"바리스타 자격증에 도전해보는 건 어때? 커피를 각별히 좋아하잖니?"

"자격증 없어도 적당히 즐겁게 내려 마시고 있어요."

소설만 전문적으로 쓰고 나머진 해도 그만 안 해도 그만 대충 살겠다고 다짐한 지도 벌써 20년이 가까웠다. 이렇게 나를 몰아세우는 것은 엄마가 할말이 있다는 뜻이다.

"인생 속단하지 마. 앞으로 뭘 배워 어떻게 달라질지는 아무도 모르는 거야. 내가 일흔 살이 넘어 하모니카를 매일 불 줄 누가 알았겠니?"

동생이 맞장구를 쳤다.

"마흔 살 넘어 드론을 날려 측량을 하게 될 줄도 몰랐습니다."

엄마는 진해 바다를 내려다보며 하모니카를 불기 시작했다. 곡명은 〈아름다운 것들〉.

거기에 나도 포함될까.

☆

엄마는 벤치에 앉아 쉬겠다고 했고, 동생은 탑 꼭대기 전망대에 올라가겠다고 했다. 나는 천천히 탑 주위를 돌았다.

엄마의 꿈목

새로 배우는 것 없느냐는 질문을 받았을 때, 나는 '소설'이라고 답할 뻔했다. 난다에서 『아비 그리울 때 보라』라는 책을 낼 때부터 사용한 약력에는 이렇게 적혀 있다.

고향 진해로 돌아가 장편작가가 되었다.

1995년 3월, 해군 장교로 입대하여 진해에서 훈련을 받기 시작할 때까지 나는 예술가가 아니었다. 소설을 즐겨 읽는 독자이자, 연구하는 초보 학자였지만, 소설가는 아니었다는 뜻이다. 진해에서 습작을 했고, 『열두 마리 고래의 사랑 이야기』라는 장편을 1996년에 출간하여 소설가로 등단했으며, 훗날 드라마 〈불멸의 이순신〉의 원작이 되는 이순신에 관한 소설 초고 4,500매를 품고 1998년 6월에 제대했다. 해군사관학교에서 생도들에게 국어와 작문과 해양 문학을 가르치는 동안, 나는 계속 소설 창작을 익히는 중이었다. 10년 가까이 각종 소설을 읽어왔으니 쓰는 것도 어렵지 않게 가능하리라 여겼다. 그러나 읽는 것과 쓰는 것은 심해와 지상만큼 완전히 달랐다. 습작의 시간은 길어만 갔다.

소설이 마음대로 풀리지 않을 땐 두 군데를 찾았다. 하나는 속천 바닷가. 그곳엔 주로 밤에 갔고, 술을 마셨고, 애꿎은 밤바다를 향해 욕설을 퍼붓다가 제풀에 지쳐 쓰러져 잠들기도 했다. 또하나는 바로 이곳 탑산. 주로 낮에 왔고, 맨정신이었고, 탑에 올라가는 대신 지금처럼 탑을 빙빙 돌며 생각했다. 스스로에게 묻고 또 물었다. 왜 소설을 쓰고 싶은지, 연구자나 독자로 남는 것만으로도 충분한 건 아닌지…… 정답을 찾았다 싶으면 다시 원점이었고 새로운 고민이 이어지곤 했다.

엄마와 걷는 진해는, 엄마의 추억이 어린 곳이면서 동시에 내 어릴 적 기억과 또 20대 후반 군복무를 위해 돌아와서 장편작가가 되기까지의 나날이 담긴 곳이기도 하다. 나는 엄마의 삶을 상기할 때만 진해에 대한 내 기억을 소환하리라 마음먹었다. 긴 산책은 오롯이 엄마를 위한 것이며, '걸어본다 진해'에서 나는 엄마의 동행인이자 기록자다. 물론 엄마가 호출하면 골목 속 등장인물로도 나서야 하겠지만.

☆

탑산에서 내려와, 진해 군항마을역사관으로 갔다.

진해의 옛 모습이 담긴 자료가 많다고 동생이 권한 곳이다. 1층으로 들어서자마자, 1920년대 진해를 담은 대형 사진이 역사관 한쪽 벽을 전부 차지하고 있는 것이 보였다. 엄마가 오른팔을 뻗어 로터리를 중심으로 훑어내리다가, 어느 집에서 딱 멈췄다. 동생과 내 시선도 거기에 머물렀다.

"여기야!"

"여기……라뇨?"

"48년 후 네가 태어날 집."

"확실해요?"

"응."

"엄마도 태어나기 전이잖아요? 물론 아버지도 이 행성에 없었고."

동생이 지적학과를 나온 티를 냈다.

"진해는 저때 이미 계획을 잡아 도로와 집을 배치했기 때문에, 100년 가까이 지났다고 해도 그 장소 그대로야."

동생에게 물었다.

"그럼 저 집이 내가 태어난 곳 맞아? 2층 다다미방에서 떼구루루 굴러다니던 그 집이 맞냐고."

"주소를 확인해봐야 더 정확하게 알겠지만……"

엄마가 말허리를 잘랐다.

"확실해. 이 집이야."

그러고는 눈동자가 흔들렸다.

"우리 모두 태어나기 전인데, 어쩜 이리도 익숙할까? 이 집에 아주 오래전부터 살았던 것 같아."

나는 슬쩍 엄마의 느낌에 얹혀보았다.

"오래전부터 살았다면 전생인 건가요? 그 속엔 저도 있습니까?"

"……"

엄마는 즉답을 않고 나를 쳐다봤다. 전생! 기독교 신자인 엄마에겐 익숙하지 않은 단어다. 동생도 끼어들었다.

"저는요?"

엄마가 다시 그 집을 쳐다보며 답했다.

"전생은 아니겠지만…… 너희 둘도 저 안에 있어. 이상한 이야기지만, 태어나지도 않은 우리가 저 집에 있다는 게 말이 되지 않지만, 하여튼 지금 내 느낌은 그래. 우린 저 사진이 찍히기 전부터 저 집에 살았어. 엄마와 아들로 살았는지 정확하진 않지만, 어쨌든 함께 살았어. 확실해."

"아버지도 있어요?"

동생이 물었다. 그 질문은 던지지 않는 편이 더 나았을 것이다. 엄마는 아들 둘을 앉혀놓곤 남편 이야길 하지 않았다. 두 아들을 따로따로 만날 땐 남편 이야길 제법 길게 했지만, 이렇게 셋이 있는 자리에선 말을 아꼈다. 그 오랜 습관 아닌 습관을 깨고 엄마가 무엇인가 답을 해야 하는 순간을 만든 것이다. 동생은 엄마의 습관을 모르는 걸까. 모르는 척하는 걸까. 엄마의 미간이 좁아졌다.

"그이는…… 없구나."

보충 질문을 자르려는 듯 스스로 이유를 댔다.

"이상한 일도 아니지. 이젠 오래 머물렀던 자리도 찾기 힘들어."

☆

엄마는 홀로 지냈다. 나와 동생이 학업을 위해 타지로 나간 뒤, 마산시 양덕3동 삼층집을 혼자 지켰고, 그 집을 팔고 대전에 있던 큰아들 곁으

엄마의 갈목

로 왔을 때도 살림을 합치진 않은 채 가까운 아파트를 구했으며, 다시 진해로 내려갔을 때도 작은아들네에서 멀지 않은 곳에 원룸을 잡았다. 엄마는 지금도 입버릇처럼 말한다.

"혼자 사는 게 편해. 자고 싶을 때 자고, 먹고 싶을 때 먹고."

☆

'고독'이란 단어를 수백 번도 더 소설에 썼지만, 엄마의 고독을 진지하게 고민한 적은 없었다. 홀로 사는 여인의 모습을 보고 듣고 느끼긴 했다. 그러나 용기를 내어, 혼자 사는 게 어떠냐고, 외롭진 않느냐고 묻진 못했다. 외롭고 힘들다는 답이 돌아오면, 그다음 이야기를 어찌 해야 할지 확신이 들지 않았다. 그래서 비끼듯 외면했다. 비겁한 짓이었다. '걸어본다 진해'를 하고 나서야, 엄마가 먼저 내게 말했다.

"혼자 사는 것보단 둘이 사는 게 낫지."

"……"

맥락을 몰라 잠시 침묵했다.

"아플 때도 곁에서 챙겨주고, 즐거운 날엔 함께 기뻐하고."

"……그럼 왜 계속 혼자 사셨어요?"

엄마는 즉답 대신 내 얼굴을 처다봤다. 그러고는 입꼬리만 올리며 미소 지었다.

"그러니까 말이다. 왜 그랬을까?"

"후회……하세요?"

"아니. 후회한 적은 없어. 그냥 이렇게 살아가야 하네, 느낄 뿐!"

"만약에 말이에요…… 엄마가 먼저 떠나고 아버지 혼자 남았다면, 아버지가 어떻게 했으면 좋겠어요?"

"그거야, 그이가 판단할 일이지. 하지만 그냥 이렇게 살아가야 하네! 라고 느끼긴 할 것 같아."

"하나만 더요. 만약에, 만약에 말이에요…… 제가 혼자 남는다면, 엄마 제게 어떤 길을 권하실 건가요?"

내 눈을 들여다보며 엄마가 답했다.

"쓸데없는 질문도 다 하네. 네 몸이나 부지런히 챙겨. 술부터 줄이고."

☆

오래전, 비익조比翼鳥에 관한 이야기를 신화학자 정재서 선생께 들었다. 선생은 다양한 비익조 그림을 보여주었다. 날개의 모양과 머리의 크기 그리고 눈의 깊이는 제각각이었지만, 눈과 날개가 하나뿐인 새 두 마리가 딱 붙어야 하늘을 날 수 있다는 이야기는 똑같았다. 그때 나는 선생께 어리석은 질문을 던졌다.

"짝을 만나기 전에 비익조는 어디에서 삽니까?"

"날지 못하니까, 땅에 사는 거지."

"눈이 하나밖에 없으니, 제대로 보지도 못하고 먹잇감을 구하지도 못할 것 같습니다. 굶어 죽기 딱 좋아요."

"비익조가 땅에선 어찌 사느냐고 질문을 한 이는 김작가가 처음이군. 글쎄, 문헌에도 자세한 설명은 없었던 것 같아. 하지만 어찌어찌 살긴 살았겠지. 외눈으로도 땅에서 살 방법이 있기 때문에, 나중에 짝을 만날 기회도 얻는 게고. 다만 비익조도 땅에서 사는 동안 죽긴 죽었을 거야. 배가 고파서가 아니라, 날개를 지니고서도 하늘로 날아오르지 못하는 신세를 한탄해서가 아닐까."

"문헌에 나오나요?"

"아냐. 방금 든 내 생각!"

✿

엄마 집으로 와서 두 시간 남짓 쉬었다. 동생은 회사에 밀린 업무가 있다며 갔다. 엄마는 복대부터 풀곤 침대에 누웠다. 낮게 코까지 골았다. 매일 새벽 기도를 다니는 엄마는 부족한 수면 시간을 낮잠으로 보충한다고 했다. 나 역시 오후 2시만 되면 작업실 소파에 누워 깜빡 잠을 청했다.

침대 아래에 요만 하나 깔고 누웠다. 악보를 올려놓는 거치대 위 공책이 눈에 띄었다. 손을 뻗어 집어 폈다. 각 페이지마다 날짜 아래 작은 동그라미가 가득했다. 어렸을 때도 그랬다. 엄마는 내가 한자를 쓴다거나 수학 문제를 풀 때, 반복한 횟수만큼 동그라미를 공책에 그리게 하곤 그 가운데 빗금을 치도록 시켰다.

헤아려보니 빗금 친 동그라미가 50개에서 60개다. 한 곡을 50회에서 60회씩 매일 불며 연습한 것이다.

☆

하루 반짝 글을 잘 쓴다고 장편작가가 되진 않는다. 꾸준히 수준 이상을 매일 써낼 때 비로소 장편을 평생의 업으로 삼을 수 있다. 계획도를 그리고 목표량을 정한 뒤 매일 채워나가는 일상을 나는 엄마에게서 배웠다.

☆

저녁 비를 맞으며 창원으로 넘어갔다. 치숙의 첫 기일에 외가 식구들이 모두 모였다. 외숙모가 작은방 문고리를 쥐곤 말했다.

"대장암 수술받고 4년 동안 이 방에 들어간 적이 없어. 그이가 문을 걸어 잠그곤 나오질 않았으니까. 내가 가게에 나가고 집이 비면 그때야 나와서 식사도 하고 거실에서 책도 보는 눈치였어. 무척 궁금했지. 장례를 치르고 돌아와서도 그 밤엔 이 문을 열지 못하겠더라. 문고리를 이렇게 쥐기만 하곤 살짝 돌렸는데 잠겨 있지도 않았어. 그러니까 그이가 중환자실에 입원한 뒤론 내가 마음만 먹으면 이 방에 들어갈 수 있었어. 습관이 무서웠던 걸까 아니면 그때 이 방을 내가 열면 그이가 영영 떠나버릴까 두려웠던 걸까."

그러고는 문을 열었다. 그 4년 동안, 치숙은 문학 대신 미술을 택했다. 「앵두의 시간」에서 밝힌 대로, 치숙은 평생 책을 읽고 글을 써왔지만 중병을 앓으며 미술로 돌아선 것이다. 엄마가 '단추의 공간'이라고 부르기도 했던 작품들이 내 눈앞에 펼쳐졌다. 크기도 내용도 제각각이었다. 공통점이라면 단추를 재료로 작업했다는 점이다. 외숙모는 그가 단추를 사들인 것도 몰랐다고 했다. 자신이 어떤 재료로 무엇을 하고 있는지 철저하게 숨긴 것이다.

스무 점이 넘는 작품 중 두 점이 눈에 들어왔다.

우선 일곱 그루의 나무가 담긴 숲. 단추로 줄기와 가지를 표현했다. 그 중 둘은 줄기가 매우 뚱뚱하여 열대 야자수 같은 느낌을 줬고, 나머지 다섯은 가늘고 길게 쭉쭉 뻗었다. 뚱뚱한 녀석들은 연두색 잎으로 감쌌고 홀쭉한 녀석들에겐 파란색 잎을 달아 차이를 뒀다.

치숙과 나무는 뗄 수 없는 관계다. 대학 졸업과 함께 외할아버지를 도와 백여 그루의 앵두나무를 가꾸며 그 아래에서 글을 썼다. 글을 쓴 공책도 나무로 만들었고, 그가 즐겨 사용한 연필도 또한 나무로부터 왔다. 나무에 온통 휩싸인 채 생을 보낸 것이다. 목숨을 잃을지도 모를 중병이 찾아들었을 때, 그가 작품 소재로 나무를 택한 것은 어쩌면 당연한 일이다.

또다른 작품은 바닷가. 크기와 모양이 제각각인 단추들을 모아 붙였다. 사각 액자틀 아래쪽 3분의 1 정도를 비워 그곳이 바다임을 암시하고, 앙증맞은 게 인형들까지 단추 주위에 곁들여 바닷가 분위기를 듬뿍 냈다.

여긴 어딜까. 치숙이 장소를 따로 적어두진 않았지만, 십중팔구 진해 앞바다일 것이다. 어린 시절, 그 바다에서 헤엄치고 달리고 누워 푸른 하늘을 보았던 추억이 작품 전체에 스며 있다.

엄마는 내가 작품들을 보는 동안 한마디도 하지 않았다. 창문을 두들기는 빗소리가 더욱 크게 들렸다. 제사를 마칠 때까지, 엄마는 작은방에 홀로 머물렀다. 기독교인이니 절은 하지 않았지만, 외할아버지나 외할머니 제사 때는 뒤에 서서 지켜보긴 했었다. 그런데 오늘은 아예 방으로 들어가선 나오지 않았다. 나도 세례를 받긴 했지만, 치숙을 향해 절을 두 번 했다. 절을 하고 말고의 문제가 아니라, 누군가를 기억하고 정성을 쏟는 것이 중요했다. 제사를 마치자마자, 엄마는 외숙모에게 말했다.

"저 숲 내가 갖고 싶어."

외숙모가 선선히 승낙했다.

"그렇지 않아도 오늘 오신 분들께 한 점씩 드리려고 했습니다. 여기 두는 것보단 그게 낫겠단 생각을 했어요."

돌아오는 길에도 엄마는 말을 아꼈다. 신문지로 씌운 '숲'을 손바닥으로 어루만질 뿐이었다. 평소라면, '단추의 공간'을 어떻게 쓸 것인지 내게 거듭 물었을 것이다. 비가 여전히 차창을 때렸다. 동생은 익숙한 도로인데도 속도를 줄여 차를 몰았다. 엄마는 젖어 흐릿해진 창을 보며 오래전에 돌아가신 외할머니를 찾았다.

"엄마! 엄마가 매일 '대다, 정말 대다!' 할 땐 몰랐어요. 이젠 내가 매일 '대다, 정말 대다!' 하네. 엄마는 앵두나무 줄줄이 서 있는 산비탈을 오르내리며 거름도 주고 개밥도 쒀 옮기느라 허리가 굽도록 일했으니 '대다, 정말 대다' 해도 되지만, 나는 왜 이럴까?"

☆

엄마는 강한 사람이었다. 스스로 옳다고 믿는 일이면 최선을 다해 밀어붙였다. 아버지는 한 걸음 물러나서 관망하는 편이었다. 창원군에 살 땐 방이 두 칸이었는데, 미닫이 유리문이 두 방을 나눴다. 깊은 밤엔 큰방의 텔레비전 소리나 부모님이 나누는 대화가 작은방까지 들렸다. 가끔 두 분이 나란히 누워 밤새 언쟁을 벌였다. 그 내용은 다 잊었지만, 주로 아버지가 길게 이야기하고 엄마가 군데군데 변명을 끼워넣는 식이었다. 엄마가 저만치 진행시킨 일을, 아버지가 뒤늦게 알고 잘잘못을 따지는 경우가 대부분이었다. 내가 국민학교 5학년 때 마산 양덕동에 삼층 양옥집을 짓기 시작한 것도 엄마의 결정이었다. 아버지는 꼭 집을 지어서 이사를 해야 하느냐고 주저했지만, 엄마는 집을 짓기 위해 돈을 마련하느라 분주하게 돌아다녔고, 어느 정도 돈이 모이자 결행했다. 그때 엄마가 마산 집을 짓지 않았다면, 나와 동생이 대학을 다니긴 어려웠을 것이다. 그래서일까. 자기 연민에 빠져 우는 엄마는 상상하기 어렵다. 가끔 엄마도 눈물을 보일 때가 있었지만, 그땐 슬픔보다도 울분이 짙었다. 적어도 엄마가 일흔 살이 될 때까진 그렇게 믿었다.

☆

엄마가 약한 모습을 보였다면, 아버지가 일찍 세상을 뜬 후 나를 당신 곁에 두려고 했다면, 내가 서울로 올라가서 대학을 다니고 또 장편작가가 될 수 있었을까. 엄마가 강했기 때문에, 그런 엄마를 무게중심으로 삼고, 나는 내가 할 수 있는 만큼 최대한 멀리 날아가려 발버둥을 쳐왔다. 엄마가 강한 만큼 내 상상의 폭도 넓어졌다. 엄마는 결정적인 순간 믿어준 내 사람이었다.

"인문대에 가고 싶어요."

아버지는 생전에 나를 법대나 상대에 보내려 했다. 엄마의 답은 간단했다.

"네 맘대로 하렴."

그리고 1990년 봄.

엄마의 골목

"대학원에 가서 고전 서사를 전공하고 싶어요."

"네 맘대로 하렴."

1995년 여름.

"연구자 대신 소설가가 되고 싶어요."

"네 맘대로 하렴."

2009년 여름.

"이제 교수와 작가 둘 다를 감당하긴 힘드네요. 교수를 그만두고 전업 작가로 가고 싶어요."

"네 맘대로 하렴."

엄마는 내가 원하는 것을 막지 않았다. 하고 싶은 것이 있으면 얼마든지 하렴. 엄마는 네 뒤에 서 있을 테니까. 그게 내 엄마였다.

☆

1985년 봄, 아버지를 묻으러 가는 길. 차에서 내려 가파른 비탈을 올라야 했다. 밤새 내린 비로 땅이 질척거렸다. 숨이 끊긴 아버지를 넣은 관이 구덩이 옆에 놓였다. 담임 목사는 부활에 관한 성경 구절을 읽은 후 짧은 설교를 시작했다. 나는 성경을 보지 않았고 찬송도 부르지 않았다. 고개 들어 흐린 하늘만 쳐다보았다. 하늘도 흐렸고 젖은 내 눈도 흐렸다. 엄마는 두 다리를 가눌 수 없을 정도로 오열하면서도, 성경 구절에 눈을 두고 마른 입술로 찬송도 소절 소절 따라 불렀다. "저 높은 곳을 향하여 날마다 나아갑니다. 내 뜻과 정성 모두어 날마다 기도합니다." 그것이 엄마와 나의 차이다.

☆

하루아침에, 특별한 일이 있어서, 강한 엄마가 약해진 것이 아니다. 정확히 일흔 살부터 강함에서 약함으로 자리를 옮긴 것도 아니다. 문득 내가 엄마의 약함을 느낀 때가 그즈음이었을 뿐! 활짝 피었던 꽃잎들이 시간을 되돌려 꽃봉오리 속으로 숨는다고나 할까. 엄마는 자신의 뜻을 밝히고 일을 만들어가는 대신, 말을 아끼고 일을 지우는 쪽을 택했다. 하모니카를 배우기 시작한 것 외에 일흔 살을 넘긴 후 엄마가 벌인 일은 없었다. 그때부터였다. 엄마는 종종 이런 사족을 달았다.

"그냥 이대로 죽어도 돼. 이왕이면 새벽 기도를 드리다가 갔으면 더 좋겠지만."

☆

1999년 12월에 출간된 『허균, 최후의 19일』에 대한 한국일보 기사엔

서른두 살 내 얼굴이 실렸다. 엄마가 종이 신문을 공책에 스크랩하여 가지고 있었다. 공책 겉표지엔 '소설가 김탁환'이라고 적혀 있었다. 엄마 글씨였다. 엄만 내가 모르는 무엇을 얼마나 더 지니고 있을까.

☆

엄마의 메모는 글씨 크기도 일정하고 맞춤법을 어긴 적도 거의 없다. 입대했을 때 엄마가 훈련소로 내게 편지를 보내기도 했지만, 그 편지 속 글씨들보다 우리집 부엌 여기저기에 짧게 써둔 엄마의 메모 속 글씨가 더 자주 떠오른다. '두 시간 외출. 숙제 다 하고 책 읽으렴.' '달걀 삶아뒀다. 동생이랑 먹어.' '책상 서랍에 50원 있다.'

엄마의 메모를 따라 내 다음 행동이 결정되었다. 숙제를 하든가 삶은 달걀을 먹든가 50원을 갖고 나가든가! 50원으로도 살 것이 엄청나게 많던 시절이었다.

☆

엄마가 잠든 것을 확인하고, 동생과 함께 나왔다. 비는 그쳐 있었다. 소주라도 한잔 기울일까. 진해는 나보다 동생에게 더 익숙한 도시다. 동생은 나처럼 진해에서 태어나 마산에서 중고등학교를 다닌 후, 목포대학교 지적학과로 진학했다. 1학년을 마치고 자원입대하여 해군 수병으로 진해에서 복무했다. 지금은 한국국토정보공사로 이름이 바뀐 대한지적공사에 취직한 후, 통영이나 고성 등으로 근무지가 바뀌었지만 집은 항상 진해였다. 엄마가 진해로 돌아가 원룸에서 홀로 지낼 수 있는 것도 동생네가 가까이 있기 때문이다.

"지상의 골목 말고 딴 덴 관심 없습니까?"

"딴 데라니?"

혹시 드론을 날리는 공중?

"엄마랑 걷는 골목도 좋지만, 진해엔 땅굴도 많아요."

"땅굴이 있다고?"

휴전선 부근도 아닌데, 땅굴이라니.

"보고 싶습니까?"

"응."

우리는 술자리를 잠시 미루고, 동생 차를 타고 움직였다. 15분쯤 이동하여 닿은 곳이 장천동 벚꽃동산이다. 동생이 익숙하게 길라잡이를 했다. 낮은 언덕에 자리잡은 공원으로 올라가지 않고, 주변을 뺑 돌아 걸으니 과연 동굴 입구가 나왔다. 동굴 안으로 5미터쯤 들어가니 철문이 막아섰고, 안전 문제로 출입을 금지한다는 안내문이 붙어 있었다.

"오래전부터 이 동네 사람들이 버섯도 재배하고, 농기구도 넣어두고 그랬답니다."

엄마의 골목

동생이 어깨에 멘 가방에서 노트북을 꺼내 켰다.

"측량을 해보니 흥미롭더군요. 3D로 만들어본 겁니다. 보세요. 굴이 하나가 아닙니다. 이렇게 여러 곳에서 한꺼번에 뚫었습니다. 지하에서 서로 연결된 것까지 확인했습니다. 사람은 물론이고 수레도 넉넉히 들어갈 정도로 넓습니다."

"그 정도라면 대형 공사인데…… 누가 그걸 뚫었단 얘기야?"

"일제강점기부터 진해는 군항이지 않습니까? 일본군이 늘 상주하였고요. 식량을 비축하려 했는지 무기를 숨겨두려 했는지, 그건 더 연구를 해봐야 알겠지만, 일본에 의해 만들어진 굴이란 건 분명합니다. 이 지역 역사를 연구하는 학자들에 따르면, 이처럼 사람의 힘으로 판 땅굴이 진해 부근에 꽤 많이 있다고 합니다."

"벚꽃동산 땅굴들을 측량한 까닭이 뭐야?"

취미로 땅굴을 살피진 않았을 것이다. 지상의 골목도 재기 어려운데, 지하의 땅굴을 조사하는 것은 보통 일이 아니다.

"역사의 현장이니까요. 장옥거리를 비롯한 건축물을 보존하기 위해 많은 노력을 기울이고 있지 않습니까? 땅굴도 일제시대 진해의 역사입니다. 벚꽃 피면 이 공원으로도 관광객들이 꽤 많이 몰려옵니다. 그때 꽃만 보고 즐길 것이 아니라, 땅굴을 탐방하며 일본 제국주의에 대해 생각하는 시간을 갖는다면 일석이조일 겁니다. 관광객이 드나들 만큼 안전한지 검사를 해야 하겠지만, 가능성은 충분하다고 봅니다. 하나 더 욕심을 부려보자면, 형님이 이걸 소설로 쓰면 어떨까요?"

"소설로 쓴다고?"

"진해와 창원과 마산에 대한 소설을, 쉰 살 넘으면 격년에 한 편씩은 쓰고 싶다고 말씀하셨지 않습니까?"

"아직, 그 나이가 되려면 멀었어."

"미리미리 준비해서 나쁠 건 없지요. 엄마와 골목을 걸으려고 자주 진해에 오시니, 이 기회에 지상뿐만 아니라 지하에도 관심을 가지시라 권하는 겁니다. 오늘은 동굴 입구까지 왔지만, 다음엔 저 안을 모두 보여드릴게요. 이제 가시죠. 밤이 늦었지만 제가 소주에 막회 한 접시 대접하겠습니다."

어머니에 이어 동생까지 소설로 쓸 만한 고향 이야기를 들려주는 것이다. 친절이 때론 부담스럽지만, 나는 행복한 소설가다.

✿

9월 6일.

일기예보엔 온종일 비가 내린다고 했지만, 잔뜩 흐린 하늘에서 빗방울은 떨어지지 않았다. 엄마는 모자를 쓰고 복대를 하고, 백 팩에 주전부리와 하모니카를 챙겨 넣었다. 햇볕 쏟아지는 날보다 이런 날이 걷기에 더 좋다고 했다.

태백동 주민센터 앞을 지나 교육사 담벼락을 따라 홈플러스까지 걸었다. 왕복 50분 남짓, 엄마의 단골 산책로다. 벽에는 초록빛 덩굴이 가득했고, 벽 위에는 둥근 철망이 연이어 감겨 있었다. 군데군데 촬영을 금한다는 안내판이 붙었다. 서너 걸음 먼저 걷던 엄마가 함성에 놀라 멈췄다. 훈련생들의 고함이 벽을 넘어온 것이다. 진해에선 해군 장병들의 씩씩한 목소리를 듣는 일이 흔하다. 어려서부터 이 소리를 접해온 엄마가 놀라 멈출 정도는 아니란 얘기다. 다가가서 엄마의 왼 팔꿈치를 잡으며 물었다.

"괜찮으세요?"

엄마가 내 얼굴을 쳐다보았다. 두 눈이 시간을 거슬러올라가듯 아득했다. 엄마가 불쑥 1995년 3월의 어느 저녁을 끄집어냈다.

"네가 훈련받는 동안, 여길 서성거렸어. 함성이 들릴 때까지 기다렸지. 그리고 귀청을 찢는 소리가 터져나오면 두 손을 모은 채 잠시 기도를 드렸단다. 다시 함성이 들릴 때까지 기다렸다가 기도하고. 그 밤엔 그랬어. 여기서……"

나는 말머리를 돌렸다.

"담만 이렇게 둘렀을 뿐인데 이상하게도 더 춥더라고요. 진해의 3월과 4월을 누구보다도 잘 안다고 여겼거든요. 다른 장교 후보생들은 고향이 멀기 때문에 모를 수도 있지만 저는 아니죠. 담 바깥과 담 안은 적어도 5도 정도는 온도 차이가 나나봐요. 그해 군항제 기간은 정말 추웠어요. 밤에 훈련을 받느라고 운동장에 집합하면 손발이 얼어붙을 정도였다니까요. 한데 여기에 서 계실 줄은 몰랐습니다. 왜 그러셨어요? 훈련생들이 얼마나 많은데요. 누가 내지르는 소리인 줄도 모르는데……"

"누구든, 네 소리로 들렸어."

홈플러스 분식 코너에서 팥빵과 모카번으로 간단히 점심을 먹었다. 나는 흑백다방 유경아 선생과 잠시 통화 했다. 오후 4시 이후엔 시간을 비워놓겠다고 하였다.

"진해루까지만 우선 걷자."

엄마는 시커멓게 내려앉은 먹구름을 쳐다보며 목적지를 변경했다. 진해루를 거쳐 해군사관학교 후문까지 속천 바닷가를 전부 걸어볼 예정이었다. 홈플러스를 나와서 10분쯤 걸으니, 곧 잔잔한 바다가 모습을 드러냈다. 깨끗한 4차선 도로로 차들이 쉼 없이 다녔다.

원래 도로가 놓인 이 땅까지 교육사령부에 관할 지역이었다. '빵빠레' 라고 해군들만 아는 용어가 있다. 밤에 폭우나 적의 침범을 비롯한 비상 사태가 발생했다고 가정하고 받는 야간 훈련이다. 교육사령부서 내가 훈련을 받을 때도 빵빠레를 적어도 쉰 번 이상 한 것 같다. 어떤 날은 하루에 두 차례 빵빠레를 해서 단잠을 포기한 적도 있었다. 빵빠레라고 하여 특별한 훈련을 하는 것은 아니다. 신속하게 운동장에 집합하거나 바닷가 쪽으로 이동하여 짠 바람을 맞는 것이 전부였다. 밤바다를 바라보며, 가사에 '엄마'가 들어간 노래를 부르면 왜 그렇게 눈물이 흘러내리던지! 그런데 이제 교육사령부와 바다 사이에 이렇듯 도로가 놓였으니, 빵빠레를 하러 바닷가까지 나오는 일은 없을 것이다. 비능률적인 빵빠레 자체가 없어졌을지도 모른다.

멀리 진해루가 보였다. 속천 바닷가를 새롭게 정비하면서, 진해를 대표할 건물을 세우는 논의가 있었던가보다. '진해루'라는 누각과 거북선 모형을 만든 것이다. 비가 너무 많이 들이쳐 우산을 써도 소용이 없었다. 바닷가에 세워둔 오두막 모양 쉼터로 잠시 몸을 피했다. 우산을 접고, 비를 맞는 바다를 훑었다. 엄마가 물었다.

"무슨 생각해?"

"첫 장편 쓸 때가 떠오르네요."

"1995년 가을인가, 그럼?"

"맞아요. 그 가을엔 이상하게 비가 많이 왔어요. 바다가 내려다보이는 해군사관학교 연구실에 아침 7시 30분쯤 도착하면, 창문 앞에 서서 바다를 바라보았죠. 지금처럼 비가 사나운 날도 있었고, 잔잔하게 수면을 애무하듯 빗방울이 흩날리는 날도 있었어요. 푸른 하늘 아래 또렷또렷 맑은 바다도 좋지만, 그렇게 젖은 바다를 보면 마음을 내려놓게 되더라고요."

"내려놓는다?"

"계속 비 내리는 바다만 바라보는 거예요. 한 시간이 금방 지나가고 어떤 날은 점심 먹을 때까지, 네 시간 반 가까이 창문을 떠나지 못하기도 했죠. 바다를 오래 바라보자니, 제 맘 깊은 곳에서 속삭임이 들렸어요. 멋지게 말하면 속삭임이고 그냥 잡음이죠. 엄마에게도 가끔 들린다는 그 이명耳鳴이 제게도 시작된 거예요. 제 안의 소리였는지, 아니면 젖은 바다로부터 불어온 소리였는지, 지금도 확신하긴 어려워요. 어쩌면 둘 다였는지도 모르죠."

"어떤 잡음이었어?"

"읽는 인간이 아니라 쓰는 인간이 되자는 잡음. 남의 작품을 평하는 인간이 아니라 내 작품을 쓰는 인간이 되자는 잡음."

"그전에는 그런 잡음을 들은 적 없어?"

"잡음이야 늘 들렸죠. 하지만 예전엔 대부분 무시했어요. 잡음은 그냥 잡스러운 소리에 불과하니까요. 그 가을 바다를 바라보며 천천히 오래 듣고 또 들은 잡음은 달랐어요. 잡스럽게 끊기고 딴 소리가 섞여들수록 더 집중하게 되더라고요. 비 내리는 바다가 바로 제 앞에 아침 7시 30분부터 펼쳐져 있어서 그랬던가봐요. 요즘도 독자들이 어떻게 소설가가 되었느냐고 물으면, 바다가 저를 소설가로 만들었다고 답해요. 독자들은 문학적인 비유로 받아들이겠지만, 이건 비유가 아니라 완전한 사실입니다. 바다가 저를 소설가로 만들었어요. 정확히 말하자면, 지금처럼 비 내리는 가을 아침 바다가 저를 유혹한 거죠."

"바다의 유혹에 걸려들어 독자를 유혹하는 작가가 된 셈이네."

"네. 저 바다처럼 독자들을 유혹하고 싶어요."

진해루 쪽에서 우산을 쓴 여인들이 뛰어왔다. 진해루와 오두막 중간쯤에서 망설이다가 잠시 이곳에서 비를 피하기로 한 것이다. 한 여인의 품엔 두 살 정도 먹은 여자아이가 매달렸고, 또 한 여인은 유모차를 우산으로 가리고 자신은 비를 맞으며 왔다. 여인 셋에 아이 둘. 내 귀에 들어온 그녀들의 언어부터 익숙하지 않았다. 고개를 들어 얼굴을 보았다. 베트남 혹은 필리핀? 이국의 여인들이었다. 엄마는 어느새 백 팩에서 마른

수건을 꺼내 여인들에게 내밀었다. 여인들이 고맙게 받아서 우선 아이
와 아기의 머리와 얼굴부터 닦아냈다. 엄마가 웃으며 그녀들에게 주전
부리도 내밀었다. 그리고 내게만 들리도록 속삭였다.

"속천에 나오면 가끔 마주쳐. 진해에 왔으니 다 진해 사람들이지."

두 문장 사이의 비약. 이국적인 외모의 여인들이지만, 진해에서 자식
낳고 살게 되었으니 모두 진해 사람들이란 뜻이다.

"전에도 인사 나눈 사이인가요?"

"그랬을 수도 아닐 수도. 난 아직 구별이 잘 안 돼. 봤던 것 같기도 하
고 아닌 것 같기도 하고. 하여튼 내가 먼저 친절을 베풀면 저렇듯 환히
웃어줘. 저 웃음을 볼 때마다 그런 생각이 든단다. 이젠 사라진 웃음이
구나. 1970년대까진 진해 어디에서도 저런 웃음이 흔했는데 말이야."

비가 조금 줄어든 틈을 타서 진해루까지 종종걸음으로 갔다. 이국의
여인들은 우리에게 눈인사를 한 뒤 홈플러스 쪽으로 방향을 잡았다. 부
지런히 앞서 걷는 엄마의 등과 허리를 살폈다. 금간 뼈는 완전히 붙었을
까. 엄마가 저만치 걷다가 돌아서서 눈으로 묻는다. 왜 이렇게 느려?

"걸음이 빨라지셨네요."

"내가? 아닌데……"

엄마 곁으로 뛰어가서 나란히 걸었다.

"어렸을 때 넷이서 같이 거리를 걸을 땐, 아버지가 제일 먼저 성큼성큼
가시고, 그 뒤를 동생과 제가 뛰듯이 걷고, 한참 뒤처져서 오셨잖아요?"

엄마가 걸음을 멈췄고, 나도 따라 섰다.

"그건 1985년 이전 이야기야. 그 뒤론 늘 이 속도였단다."

30년 동안 함께 걸은 적이 없었단 말인가. 있긴 있었겠지만, 엄마가 얼마나 빨리 혹은 느리게 걷는지는 눈여겨보지 않았다. 바뀐 걸음의 속도만큼이나 내가 엄마에 대해 모르는 것이 많다는 생각이 들었다. 미안했다.

진해루 옆 2층 카페로 올라갔다. 우산을 썼지만 가을비가 바짓단을 적셨다. 엄마가 감기라도 걸리지 않을까 걱정이었다. 따듯한 로즈마리차를 두 잔 시키고 창가에 마주보며 앉았다. 네모난 창틀 사이로 흔들리는 배들이 보였다. 창틀 밖에서 바라볼 때와는 달리 그 배들이 무척 작아 보였다. 동화 속 삽화처럼. 나는 아꼈던 질문을 꺼냈다.

"'단추의 공간'을 어떻게 쓸까요?"

"그건 네가 고민할 문제지."

"치숙이 속천에도 자주 왔나요?"

"고3 때 신장병을 앓고 난 후, 병원에서도 집에서도 종종 사라지곤 했지. 온 가족이 모두 흩어져 찾았어. 열에 아홉은 속천에 와 있었어. 여긴 교육사령부 부지였으니까 아니고, 저기 해군사관학교 후문 쪽 바닷가에 우두커니 앉아 있었지."

"그럼 그 단추로 만든 갯벌이 속천일 수도 있겠군요."

"맞아. 이 근처 어디였을지도. 하지만 '단추의 공간'은 속천만이 아니야. 그애의 내면이 뻗어간 자리 전체일 테니까."

엄마의 골목

"그렇게 막연하면 공간을 확정할 수 없어요. 공간을 하나하나 확인하며, 치숙이 마지막까지 쥐고 있던 풍경을 주소까지 덧붙여 정리해야죠."

엄마가 차를 한 모금 마신 뒤 고개를 돌려 바다를 바라보다 내게 물었다.

"소설을 쓰며 단련된 거니?"

"왜요?"

"시를 쓸 때 기억나? 스물여섯 살까지는 내가 아무리 네 두 발을 땅에 붙여두려고 해도 훨훨 날아가려고만 들었어. 내 집에서 잠자고 일어나고 먹고 공부했지만, 네 눈동자는 늘 그 너머 어딘가를 향했단다."

"시인만 그러는 게 아니에요."

"그럼?"

그건 차라리 새 풍경을 찾아 떠도는 여행자의 마음이죠, 라고 말하려다가 그만두었다. 내가 과연 치숙이 만든 '단추의 공간'을 몇 개나 확인할 수 있을까. 치숙은 그 공간이 구체적으로 드러나는 것을 꺼렸을지도 모른다. 그렇지만 소설가인 나는, 힘닿는 데까지 확인하고 싶다. 그런데 치숙과 나 사이의 매개는 엄마뿐이다.

다시 빗줄기가 굵어졌다. 택시를 타고 엄마와 함께 진해남부교회로 갔다. 엄마와 아버지는 진해남부교회 고등부 최강의 탁구 복식조였다. 할아버지와 할머니는 아들 4형제를 데리고 평안북도 영변에서 해방 직후 월남했다. 그리고 한국전쟁 기간엔 피란을 다니느라, 아버지는 제대로 국민학교를 다니지 못했다.

진해남부교회는 여성학자 이효재 선생의 아버지 이약신 목사가 세운 교회다. 이목사는 고아원을 세웠고, 또 전쟁 통에 남편을 잃은 여인들을 위해 자모원을 운영했다. 굶주리고 병든 산모와 부모 잃은 아이들이 이곳 덕분에 끼니를 잇고 학교를 다녔다. 지금도 고아원은 남부제일교회 도로 건너 언덕에 있다. 그때처럼 전쟁고아는 아니지만 지금도 고아들을 돌보며 선행을 이어가는 것이다. 한번 선행이 시작되면 쉽게 그 마음도 장소도 사라지지 않는 법이다.

비가 처마까지 들이치는 바람에 교회 안으로 들어갔다. 다행히 문은 잠겨 있지 않았다. 엄마는 예배당으로 올라가선 의자에 앉아 잠시 기도를 올렸다. 나는 따라 들어가지 않고 밖에서 기다렸다. 예배당에 나란히 앉으면, 왜 주일을 거룩하게 지키지 않느냐는 꾸지람이 날아들 것 같았다. 엄마와 아버지가 교회에서 만나 결혼했기 때문에, 나 역시 기억의 처음부터 교회를 다녔다. 유년부와 중고등부를 거칠 때까지만 해도 일요일은 교회에서 온종일 보낸다고 생각했었다. 그러나 대학 진학을 위해 상경한 뒤론 주일을 거룩하게 지킨 적이 없다. 엄마는 몇 번 전화로 주일을 지켰는지 질문하다가 그만두었다. 생각해보니 엄마 성격으로 볼 땐 무척 빠른 포기였다. 엄마가 예배당에서 내려왔다. 탁구 시합에서 서브권을 가진 선수처럼 내가 먼저 질문을 던졌다.

"정말 탁구를 그렇게 잘 쳤어요?"

엄마가 유리문 밖을 살피며 답했다.

"당연하지."

"그럼 그때 처음 손을 잡으셨어요?"

엄마가 답은 하지 않고 나를 쳐다봤다. 무슨 소리냐, 그게?

"첫 입맞춤은요?"

"……"

엄마가 갑자기 입귀를 올리며 웃었다.

"그걸 왜 내가 너한테 대답해야 해?"

"돌아가신 분에게 여쭐 수는 없잖아요."

"지금 네 머리에 떠오르는 그대로 상상해라. 넌 소설가잖니?"

그날 나는 처음 깨달았다. 엄마는 대답하기 힘든 질문을 받았을 때, 내 직업을 핑계로 삼아왔다는 것을.

엄마는 한사코 택시 대신 버스에 혼자 올라탔다. 집 앞 정류장에 서는 버스를 두고 택시를 탈 까닭이 없다는 것이다. 오후 4시 흑백다방으로 들어섰다. 문을 열자마자 베토벤 피아노 소나타 〈월광〉이 옆구리를 파고들었다. 1년 내내 클래식 음악이 끊어지지 않는 공간, 흑백다방의 현재 주인이자 피아니스트 유경아씨가 반갑게 맞아주었다.

"어서 와요! 커피부터 한잔해요."

탁자에 놓인 책『서양화가 유택렬과 흑백다방』을 폈다. 내 블로그에 공개한 2010년 11월 19일의 창작 일기가 이 책에 실려 있다.

2010년 11월 15일과 16일 통합창원시에 내려갔다 왔다. 〈감성 여행 내 안의 쉼표〉 촬영을 위해서이다(방송은 11월 29일에 나갈 예정이다). 작가와 그의 벗이 함께 떠나는 1박 2일이라는 콘셉트인데, 출연 의뢰를 받았을 때 나는 선뜻 '남희석과 가겠습니다'라고 답했었다. 희석이는 친동생처럼 아끼는 목동 못난이 3형제의 막내다.

여행은 편하고 즐거웠다. 촬영팀이 따라붙는 것이 어색했지만, 그냥 희석이랑 예전에 일본 여행 갔을 때처럼 놀러왔다고 여기기로 했다. 희석이는 창원과 마산까지는 가봤지만 진해는 처음이라고 했다. 장복터널을 지나서 진해로 들어서는 순간부터 내가 가이드처럼 설명하고 희석이는 주로 들으며 느낌을 말하는 식이었다.

진해다. 이제는 진해시가 아니라 창원시 진해구로 바뀌었지만, 내게는 언제나 '진해시'다. 평안북도에서 피란 내려온 할아버지와 할머니가 정착한 도시, 아버지와 어머니가 함께 자라 사랑을 나누고 결혼에 이른 도시, 내가 태어난 도시, 내가 대학원 박사과정을 수료하고 해군사관학교 국어과 교관이자 해군 장교로 40개월을 보낸 도시, 내가 첫 장편소설 『열두 마리 고래의 사랑이야기』와 『불멸의 이순신』의 초고를 쓴 도시, 시작을 이야기할 때마다 떠올릴 수밖에 없는 도시가 바로 진해시다.

이제는 차들의 출입이 거의 없는, 꽃 진 마진터널 주변의 우수도 좋았고, 해군사관학교에서 옛 상관이었던 최영호 중령님과 사관생도들과의 만남도 벅찼지만, 내 마음을 온통 뒤흔든 곳은 '흑백다방'이었다. 흑백다방이 어딘가. 내 조부모님이 타향살이의 설움을 달래고, 내 부모님이 사랑을 속삭이고, 또 내가 습작의 어려움을 위로받던 전통 음악 감상실이 아닌가. 얼마 전, 그곳이 폐업했다는 소식을 듣고 못내 아쉬웠다.

그러나 흑백다방은 사라진 것이 아니었다. 예전처럼 차를 팔지는 않지만, 음악 감상실로서의 면모는 그대로였다. 1955년 처음 이 가게를 연 화가 부부는 두 분 다 돌아가셨고, 지금은 둘째딸인 피아니스트 유경아 선생님이 작은 공연장으로 이곳을 지키고 계셨다. 너무나 이 공간을 좋아하는 유선생님이시기에 흑백다방의 향취는 그대로였다. 물론 다방을 위해 놓여 있던 재떨이라든가 골동품 돌 탁자, 벽 한쪽에 겹겹이 놓였던 그림들은 유선생님의 단정하고 꼼꼼한 성격에 따라 따로 정리되었지만, 음악 박스와 LP판과 피아노 곁에서 나는 계속 떨고 있었다.

내 소설의 시작점에 닿아 있었던 것이다. 장편소설이 막힐 때마다 나는 이 자리에 앉아서 음악을 들었다. 그 음악이 베토벤인지 모차르트인지 하이든인지 바흐인지는 중요하지 않았다. 온종일 앉아 음악을 듣고 또 들으며 다시 스스로의 마음을 다독일, 그래서 한 번만 더 용기를 내어 글을 써보자고 결심하는 시간과 공간이 허락되었다는 사실 자체가 소중한 것이다. 세월과 함께 많은 것들이 사라지거나 변했다. 백장미제과점도 문을 닫았고 흑백다방도 더이상 차를 팔지 않는다. 그 시절 내가 가르친 생도들은 훌쩍 자라 이제 고속정 정장이 되었고 곧 함장이 될 터였다. 나 역시 장편을 갈망하던 문학청년에서 마흔 살을 넘긴, 장편을 그래도 몇 편은 쓴 작가가 되었다. 조부모님과 아버지도 돌아가셨다. 이렇게 많은 것들이 변하였지만, 내 소설의 시작점, 내 소설의 심장이 '흑백다방' 이란 사실은 영원히 바뀌지 않을 것이다. 그곳이 사라지지 않고 남아 있어서 고맙다. 이제 진해에 오면 꼭 들를 곳이, 만나뵐 분이 생겼다. 고맙고 고마운 일이다. 느낌이 사라지기 전에 사진 몇 장과 함께 그날의 행복을 옮겨 적어둔다.

—『서양화가 유택렬과 흑백다방』(이월춘 엮음, 도서출판 경남, 2012)

내가 흑백다방에 언제 처음 왔는지는 명확하지 않다. 확실한 기억은 국민학교 1학년 때 엄마와 함께 이곳에 들어와서 한 시간 남짓 머물렀다는 것이다. 사방에 그림이 걸려 있고 클래식 음악이 흘러나오는 다방을 처음 간 탓에, 나는 엄마가 시켜준 오렌지 주스를 마실 생각도 않고 주위를 두리번거리느라 바빴다. 이런 곳도 있구나. 별천지였다.

흑백다방은 1955년에 문을 연, 진해에서 가장 오래된 예술 찻집이다. 유경아씨의 선친인 유택렬 선생 자신이 뛰어난 화가였고, 클래식 애호가였다. 1층은 가게고 2층은 가정집으로 만들어진 주상복합건물은, 문화재로 지정된 진해우체국과 같은 해인 1912년에 지어졌으니 103년이 넘었다. 마주앉아 커피를 마시며, 자연스럽게 얼마 전 베토벤 피아노 소나타 연주회를 이야깃감으로 꺼냈다. 서울에서 열린 연주회에 나도 참석했다. 베토벤 피아노 소나타 세 곡을 듣긴 처음이었다.

"5년마다 베토벤 피아노 소나타 〈비창〉 〈월광〉 〈열정〉 연주회를 하시는 까닭이 뭔가요?"

"선친께서 1999년 76세로 돌아가셨습니다. 특히 아끼시던 베토벤 피아노 소나타 세 작품을 모아서 연주해드리고 싶었는데, 일찍 가신 것이죠. 아버지는 가셨지만 저는 2003년부터 5년마다 연주회를 계속해나가고 있습니다."

"5년마다 하면, 느낌이 많이 다른가요?"

"너무나도 다릅니다. 깊어졌단 평가를 듣는 건 솔직히 욕심이지요. 달라졌단 말만 들어도 기쁩니다. 어땠어요, 서울 공연은?"

"아주 힘찼습니다. 특히 〈열정〉은 처음부터 끝까지 주먹을 쥔 채 들었어요."

"과찬이십니다. 부분 부분 아쉬움이 커요. 우선 제가 나이를 먹은 겁니다. 그 바람에 몸도 달라지고 마음도 달라졌습니다. 직업병에 시달리기도 하고요."

"직업병이라면?"

"소설가들도 다들 있지 않나요? 저 같은 경우는 척추협착과 위염, 손가락 인대 파열이 문젭니다."

척추와 위가 문제인 소설가는 여럿이다. 손가락 인대 파열까지 이르는 소설가는 거의 없다.

"베토벤 피아노 소나타가 그렇게 힘듭니까?"

그녀는 고개를 돌려 구석에 놓인 피아노를 보며 답했다.

"피아노는 남자에게 유리한 악기입니다. 아무리 힘을 실어도 한계를 느껴요. 〈열정〉을 연주할 땐 인대가 늘어나고 손가락이 꺾이는 게 보이는데도 멈출 수가 없어서 더 세게 쳤답니다."

탁자에 놓인 손을 내려다봤다. 베토벤을 나의 연인이라고 부를 만큼 뜨거운 손이다. 그녀는 지금도 새벽부터 연습에 몰두한다. 양해를 구하고 그 손을 사진에 담았다. 한 발레리나의 상처투성이 못난 발을 찍은 사진이 주목을 끈 적이 있다. 피아니스트의 손 역시 예술을 위해 혹사당하는 것이다.

"대학 과 동기가 35명인데, 그중에서 지금까지 연주하는 이는 저뿐입니다."

"5년 후에도 연주회를 또 하실 겁니까?"

"몸과 맘이 허락하는 한, 할 겁니다."

말머리를 돌렸다.

"화가를 아버지로 두면 어떻습니까?"

"어떨 것 같습니까? 소설가를 아버지로 두면……"

"딸이 둘 있습니다."

"그 딸들은 어떻다던가요?"

"아버지처럼 소설가로 살지는 않겠다더군요. 외로워 보인다고. 유택렬 화백에게 배운 건가요, 새벽부터 연습하는 성실함은?"

"틀림없는 분이셨습니다. 아버진 지나치게 그림에만 몰두했어요. 그리지 않으면 삶이 증발해버리기라도 하듯이. 평생 그리신 그림이 천 점이 넘습니다."

"천, 점이라고요?"

"더 될 겁니다. 지금도 새 작품이 곳곳에서 발견됩니다. 어제도 저 건넛방을 정리하는데, 처음 보는 스케치가 50장이나 나왔습니다. 구석구석 새 그림들이 숨어 있을 겁니다. 제가 죽기 전에 그 그림들을 모두 정리할 수 있을까, 요즘은 그게 두렵다니까요."

그리고 피아노 쪽을 가리켰다.

"저 피아노 옆에 붙어 있는 그림이 아버지가 마지막으로 그린 그림입니다. 아버지는 쓰러지는 날까지 그림을 그리셨어요. 천 점을 넘게 그린 화가에게도 마지막이 있더군요. 그게 인생이죠."

흑백다방은 현재 영업을 멈췄다. 대신 주말마다 연주회, 공연 등 각종 문화 행사가 열린다. 오늘 나처럼, 60여 년 전부터 최근까지 흑백과 인연이 있는 이들이 찾아오면 맞이하는 일도 게을리 하지 않는다. 유선생이 조금 쓸쓸하게 웃었다.

"저는 흑백을 끝까지 지키겠지만, 제가 죽고 나면 이 오랜 문화 공간을 어찌할 것인지 논의를 시작할 때라고 봅니다."

아까부터 자꾸 원탁에 눈이 갔다. 1995년부터 1998년까지, 가끔 들러 장편 습작에 몰두하던 바로 그 원탁이었다. 유선생은 유선생대로 자신의 추억담을 털어놓았다.

"이 원탁만 해도 50년이 넘었어요. 제가 어렸을 땐 여기서 동화책을 읽었답니다."

흑백다방에서 천 개의 그림이 그려지는 동안, 얼마나 많은 이야기가 쌓이고 흩어졌을까. 유선생이 창작곡집을 가져와 사인하여 내민다. 나는 다시 피아니스트의 손을 본다. 그리고 내 손도 본다. 아직 우리는 흑백다방에 관해 쓸 곡과 지을 이야기가 많다. 우리가 서로를 반기는 이유다.

집으로 돌아와 엄마와 저녁을 먹었다. 흑백다방에서 유경아 선생과 나눈 이야기를 들려드렸다. 엄마가 낯선 이름 하나를 나물 반찬처럼 꺼내 건넸다.

"홍기만이란 사람이 있었단다. 네 아버지처럼 이북에서 내려온 피란민이었어. 고교 동창이기도 했고. 유택렬 선생님 제자였지. 재주가 뛰어나 홍익대 미대에 합격했지만 졸업은 못 했다고 들었어. 너무 가난했지. 15년쯤 전에 내가 기도원에 갔는데, 거기서 홍기만씨와 다시 만났단다. 거의 35년 만에 재회한 거야. 오래전부터 소문이 돌았어. 홍씨가 몹쓸 병에 걸려 이미 이 세상 사람이 아니라고. 그런데 멀쩡하게 살아 있더라고. 왼쪽 다리를 조금 절긴 했지만, 목발도 없이 잘 걸어다녔고. 결혼은 하지 않았다더구나. 전국을 떠돌며 기도원의 그림이나 글씨를 써주면서 보냈대. 그땐 그렇게 유택렬 선생께 그림을 배우겠다고 오는 이들이 많았어. 그랬단다."

☆

혹백다방에 대한 나만의 기억 하나.

1995년 늦가을이었다. 1994년 여름 언저리부터 소설 습작을 시작할 때 당연히 단편소설부터 썼다. 어느 정도 수준에 이르면 신춘문예에 도전해보리라. 그러나 1995년 해군에 입대하며 집필 계획이 바뀌었다. 6월에 임관하여 소위 계급장을 단 후 진해의 골목을 걷노라면, 어디선가 누군가가 난데없이 내 어깨를 잡거나 앞을 막아섰던 것이다. 처음 보는 얼굴들이었다. 그들은 내 엄마나 아버지 혹은 외삼촌이나 삼촌 혹은 이모들의 이름을 댔다. 외가와 친가 어른 대부분이 진해에서 국민학교와 중학교와 고등학교를 나왔다. 내게 알은체를 하는 이들은 그 친척 어른들의 친구이거나 선후배 혹은 지인이었다. 과장을 보태자면, 진해 시민 전체가 혹시 나를 알고 있는 것은 아닐까 하는 두려움이 일었다. 이처럼 희한한 상황을 소설로 옮겨보고 싶었다. 그 바람이 처녀 장편『열두 마리 고래의 사랑이야기』를 낳았다.

이 장편의 초고를 마친 새벽이었다. 해군사관학교 출근까진 세 시간 남짓 여유가 있었다. 나는 무작정 자취방을 나와 걸었다. 첫 장편 탈고로 부푼 가슴을 달래기 위해 이 골목에서 저 골목으로, 저 골목에서 또 그 골목으로 계속 돌아다녔다. 아직 책을 출간하겠단 출판사가 나서기도 전이지만, 왠지 이 작품으로 소설가가 될 것 같은 예감이 들었다. 땅바닥에 주저앉아 벽에 기대 소리 내어 웃었다. 한없이 기뻐하며 등을 비빈 그 벽이 바로 흑백다방의 벽이었다. 일어나서 옆걸음으로 이동하여 문고리를 잡았다. 물론 문은 굳게 잠겨 있었지만, 30분 넘게 그대로 서 있었다. 흑백, 무엇인가가 판가름났음을 깨달은 아침이었다.

☆

9월 7일.

장옥거리에서부터 산책을 시작했다. 1층은 가게 2층은 가정집으로 꾸려진 전형적인 주상복합건물로 이루어진 거리다. 일제는 진해를 군항으로 만들면서, 이렇게 건물들까지 획일적으로 짰던 것이다. 내가 바삐 도로를 오가며 건물을 사진에 담자, 엄마가 한참 보고 있다가 한마디 했다.

"1960년대만 해도 이런 거리가 진해 곳곳에 있었어. 내겐 너무 익숙한 풍경인데, 네겐 낯선가보구나. 익숙한 것들도 스러져가면 어느 순간 낯설어지고, 더 희귀해지면 아무도 그 쓰임을 이해하지 못하는 것이 되고 마는가봐. 하기야…… 사람도 그렇지."

나는 마지막 말을 잡아챘다.

"사람도 그렇다고요?"

"응. 늙는다는 건 낯설어진다는 거야. 그리고 끝내는 살아야 하는 이유를 알지 못하게 되지."

"하나님이 가르쳐주진 않으시나요?"

엄마가 나를 뚫어져라 쳐다보다가 앞서 걸었다.

"안다고 다 알려주시진 않아."

구 충의동 유곽까지 걸었다. 1995년 가을과 겨울, 처녀작 『열두 마리 고래의 사랑이야기』를 쓸 때도 이곳에 종종 왔었다. 군항이라면 술집과 유곽이 있는 법. 진해도 예외는 아니었다. 코끼리처럼 덩치가 큰 건물이 앞을 막아섰다. 미군이 들어선 후에는 옐로하우스가 생겨나기도 했다. 엄마도 내 처녀작에서 창녀들이 오가는 풍경을 읽었지만, 별다른 언급이 없었다.

"몸 파는 여자들 보신 적 있으세요?"

유곽 건물을 올려다보며 답했다.

"물론 있지."

"어디서요?"

"질문이 이상하구나. 그이들도 사람이니 진해 곳곳을 돌아다닐 테고, 그러니 진해 곳곳에서 봤지."

멀뚱멀뚱 엄마를 쳐다보기만 했다. 엄마가 이야기를 이었다.

"이마에 나 창녀요라고 써붙이고 다니는 건 아니지만, 척 보면 티가 났어. 물론 중원로터리 아래쪽으론 얼씬도 하지 말라고, 딸 가진 부모들은 신신당부를 했지. 하지만 구태여 여기까지 올 필요도 없었어. 배가 들어오는 날이면, 우선 이 거리가 붐볐고 또 그다음 날부터 며칠 동안은 진해 곳곳에서 묘한 분위기를 풍기는 여인들이 돌아다녔으니까. 어른들이 알려주지 않아도 우린 알았어. 근데 그건 왜 묻는 거냐?"

"제 처녀 장편에도 그이들이 등장합니다."

"알아."

"별다른 말씀이 그땐 없으셨어요."

"무슨 말? 너도 진해에서 나고 자랐으니, 게다가 해군 장교로 군복무까지 하고 있는 마당이니, 항구에 술집과 여자들이 있다는 건 상식 아니겠어?"

머쓱해졌다.

남원로터리까지 걸어갔다. 김구 선생의 글씨가 석판에 새겨져 있었다.

誓海魚龍動

盟山艸木知

대한민국 29년 8월 15일

내가 진해에서 근무할 때는 이 석판이 없었다. 엄마는 한시를 한 글자 한 글자 손바닥으로 만졌다.

"백범 선생을 주인공으로 한 소설은 언제 쓸 거냐?"

"준비할 게 많습니다."

"진해도 그 소설에 넣을 거냐?"

대한민국 29년(1947)의 김구도 등장하느냐는 뜻이다.

"아닙니다. 저는 상해로 떠나기 이전의 청년 백범에게 매력을 느낍니다."

"상해 이전? 임시정부에 들어가기 전의 백범이 매력적이다?"

"네."

"활기찬 시작이기에 매력적인 건 대부분의 인간에게 찾을 수 있는 점인데……"

"아닙니다. 저는 그가 마치 당장 죽기라도 할 것처럼 몸을 던지는 장면들에 관심이 있습니다. 동학 접주일 때도 그랬고, 치하포에서 왜인을 죽일 때도 그랬고, 인천 감옥을 탈옥할 때도 그랬고, 이후 스님이 되거나 초기 기독교 운동을 할 때도 몸과 맘을 불사르듯이 덤비더군요. 그렇게 어린 나이에 자기 자신을 전부 거는 무모함이 어디서부터 비롯되었는지 궁금합니다."

"무모함!"

"네. 적당한 단어가 떠오르지 않습니다. 무모함이라고 해두죠."

엄마가 다시 한시를 보며 말했다.

"나는 잘 모른다만, 역사란 게 때론 그런 무모함에 힘입어 움직이는 것 아닐까?"

"언제 그런 생각을 하셨어요?"

"3·15 부정선거 때도 그랬고, 또 네가 대학 간 그해도 그랬지 아마……."

1987년 봄부터 겨울까지, 엄마는 두 번 상경하여 기숙사로 나를 찾아왔다. 그때마다 나는 최루탄 터지는 교문 쪽에 있었다. 뒤늦게 연락을 받고 기숙사로 올라왔다가 엄마와 함께 후문으로 내려가서 늦은 점심을 먹었다. 엄마는 계속 기침을 해댔다. 옷에 묻은 최루액을 충분히 털고 왔다 여겼지만, 엄마를 속이진 못했다. 엄마는 내 얼굴과 팔과 다리와 몸을 살피곤 진해로 내려갔다. 무모함을 꾸짖진 않았다. 두 번 다 그랬다.

진해문화원을 거쳐 수양회관을 지나 원해루(영해루)로 갔다. 한국전쟁 때 포로로 잡힌 중공군이 귀국하지 않고 진해에 남아 개업한 중국음식점이다. 엄마는 우동을 나는 짜장면을 시켰다.

"맛이 어때?"

잠시 머뭇거렸다. 질문의 맥락을 잡지 못해서다. 중국음식점에서 엄마가 내게 짜장면 맛이 어떠냐고 물었던 적이 있었던가. 처음이다. 원해루라서 그럴까. 즉답을 하지 않자, 엄마가 고쳐 물었다.

"인천 짜장면이 그렇게 맛나니?"

이제야 질문을 이해했다. 엄마는 내가 쓴 소설을 전부 다 읽었다. 그것도 한 번이 아니라 두세 번은 읽는 듯했다. 그러곤 읽지 않은 것처럼 말을 아꼈다. 이 질문은 개화기 인천 은행거리를 중심으로 이야기가 전개되는 나의 『뱅크』란 소설에서, 짜장면을 먹는 대목을 염두에 두고 던진 것이다. 짜장면의 발상지라 일컬어지는, 청나라 조계였던 차이나타운과 비교해서 맛이 어떻느냐는 것이다.

"이것도 맛있지만 차이나타운이 조금 더 나은 것 같습니다."

"그 정도로 맛있어?"

"네."

"재료는 거기서 거길 텐데……"

엄마는 내가 국민학교 3학년일 때 춘천까지 가선 시험을 치고 한식요리사 국가자격증을 땄다. 맛있는 음식을 먹으면 꼭 그 요리법을 알고 싶어했다.

"다음에 서울 오시면 모시고 갈게요."

"싫다. 짜장면이 맛있어봐야 거기서 거기지."

엄마가 원한 것은 맛난 짜장면이 아니라, 당신이 내 소설 『뱅크』를 읽었다는 표시를 내는 것이었을까.

"양어장 가주세요."

지도에는 '내수면 환경생태공원'이라고 나오지만, 진해 사람들은 아직도 그곳을 '양어장'이라고 한다.

수면은 잔잔하고 아무것도 보이지 않았다. 물고기들은 다 어디로 갔을까. 엄마가 내 곁으로 다가서며 속삭이듯 물었다.

"마술 하나 보여주리?"

그러곤 내 눈을 들여다본 채, 나지막이 불렀다.

"얘들아!"

그러자 금빛 잉어들이 수면 가까이로 모여들었다. 엄마는 마술사다.

엄마와 함께 양어장에서 걸어 내려왔다. 벚나무들 즐비한 길을 850미터쯤 걸었다.

일곱 살, 나는 진해에 사람이 더 많을까 벚나무가 더 많을까 고민했었다. 아버지에게 물었더니 쉽게 답을 얻었다.

"진해에선 사람이 죽으면 모두 벚나무가 돼. 당연히 벚나무가 더 많지."

지금 벚나무길을 따라 걷다가 벚나무를 어루만지는 저 노인들은 모두 벚나무가 되려고 연습중인지도 모른다. 평안도 영변에서 태어났지만 진해 사람임을 자처한 아버지는 벚나무가 되었으려나. 나도 언젠가 저렇게 벚나무로 서서 꽃 진 시간을 건디려나. 그 나무 아래에서 이야기 한 자락 지으며 앉았으려나.

엄마의 모교로 갔다. 진해여중과 진해여고는 나란히 붙어 있었다. 엄마는 하모니카 선생이 마음에 쏙 든다면서 한마디 보탰다.

"진해여고 후배야, 까마득하지만."

둘째 며느리를 소개할 때도 마찬가지다.

"진해여고 후배야, 까마득하지만."

엄마와 먹자계를 한 열 명의 친구도, 그중에서 죽은 다섯 명의 친구도 모두 이 교정에서 엄마와 함께 10대를 보낸 이들이다. 엄마는 나와 함께 교문을 통과하여 운동장 변두리까지 다가갔다.

"여긴 종종 오세요?"

"졸업 40주년 행사는 크게 했지. 하지만 50주년은 안 했고 60주년도 안 할 거야."

점점 모교를 찾을 기회도 사라지는 셈이다. 교정을 돌아나오며 엄마가 문득 깨달은 듯 말했다.

"그런데 내가 6년 내내 걸어서 통학한 건 아니? 구석할매가 그랬거든. 기집애가 무슨 공부를 하느냐며 차비도 안 줬어. 힘들게 다녔지. 그런데 왜 그토록 공부가 하고 싶었을까. 그래봤자 집이 가난해서 대학도 못 가는데, 난 정말 공부가 좋았어. 대학에 가는 건 나중 문제였고, 우선 책을 읽고 뭔가를 알아나가는 게 너무 신났단다. 그랬어, 여기서 나는."

✿

중원로터리 벤치에 앉아 떠가는 구름을 우러렀다.

내가 쓰는 모든 것이 '소설'이라는 생각이 들었다.

✿

민쟁 시인과 통화했다.

"걸어본다 진해, 이걸 소설로 써도 돼?"

"선배님이 원하는 대로 편하게 쓰세요. '걸어본다 파리'는 아마 인터 뷰 중심이 될 것 같고, '걸어본다 뮌스터'는 독일 시를 하나씩 각 장에 넣 었지요. 그것들처럼 자유롭게, 선배님이 생각하시기에 가장 좋은 방식 을 택하시면 됩니다. 소설가가 고향을 걸어본 후 소설을 쓴다는데 뭐라 고 할 사람은 없으니까요."

내가 민쟁 시인에게 소설 운운한 것은 허구를 넣겠다는 뜻이 아니라, 대부분의 기행 에세이가 담고 있는 장소에 대한 깊은 천착과 상념들 대 신, 엄마와 나눈 대화들과 그로부터 비롯된 짧은 단상들로 이야기를 채 워나가도 되겠느냐는 물음이었다. 민쟁은 시인답게 덧붙였다.

"맘대로 하세요! 엄마와 진해를 걷는 게 중요하지, 거기에서 흘러나오 는 문장들은 소설이라고 불려도 좋고, 기행문이라고 불려도 좋고, 대화 록이라고 불려도 좋아요. 그것들이 전부 담긴 묘한 책이면 더더욱 좋고 요. '걸어본다' 시리즈는 미리 규정된 게 하나도 없어요."

시처럼.

소설처럼.

✿

　함께 진해를 걷기 시작한 후 달라진 것이 있다면, 엄마가 종종 전화를 걸어와선 점찍어둔 골목에 관한 이야기를 들려준다는 것이다. 그중에는 내가 나중에 가본 골목도 있고, 가지 못한 골목도 있다. 따로 기록해두었다가 못 간 곳에 갈 마음이었지만, 두 곳은 일부러 가지 않았다. 엄마의 설명 그 자체로 완결된 느낌이라고나 할까. 골목을 내 눈으로 보고 걸으면 풍부해지는 대신 훼손되지나 않을까 걱정스러웠다.

　"백인을 그때 처음 봤던 것 같아. 골목으로 하얀 정복을 입은 백인 수병이 들어섰지. 골목에서 공기놀이를 하던 우리는 너 나 할 것 없이 전부 대문과 쪽문을 통해 집으로 숨었어. 친구들은 문밖으로 고개만 삐죽 내밀었는데, 난 무슨 용기가 난 건지, 골목으로 다시 나와선 백인 병사를 따라가기 시작한 거야. 네모난 종이상자를 오른손에 들었더라고. 그 상자를 리듬 있게 흔들며 걷더군. 해군들이 행진하듯이 그렇게 딱딱 절도 있게. 병사는 갈림길에서도 주저하지 않고 방향을 잡았지. 그런데 그가 마지막으로 택한 골목을 따라 들어가며 난 고개를 갸웃거렸단다. 왜냐하면 막다른 골목이었거든. 이번만큼은 그 병사가 실수한 것이려니 하고, 걸음을 늦췄어. 나무 기둥으로 만든 전신주 뒤에 숨어 기다렸지. 병사가 막다른 골목임을 깨닫고 돌아섰을 때 뒤따라온 나를 발견하는 게 싫었으니까. 그런데 그 병사가 나오질 않는 거야. 이상한 느낌이 들어서 골목으로 따라 들어갔어. 그런데 막다른 골목에서, 그 끝 집이 고등학교를 갓 졸업한 영숙이 언니 집이었는데, 그 백인이랑 영숙이 언니랑 꼭 끌어안고 입을 맞추고 있더라고. 남자랑 여자랑 키스하는 걸 처음 본 거지. 난 이러지도 저러지도 못한 채, 그냥 골목의 응달진 벽에 붙었어. 그리고 그들이 은밀하게 내는 소리들을 다 들었지. 영숙이 언니는 전쟁이 끝난 뒤 그 백인과 결혼해서 미국으로 건너갔어. 그후론 어찌되었는지는 모르겠네. 다음엔 그 골목에도 같이 가보자."

이런 골목도 내게 들려줬다.

"그 골목이 기억에 남는 이유 간단해. 담벼락이 하나씩 무너져 있었거든. 그래서 골목을 처음부터 끝까지 가지 못했지. 가다가 무너진 담벼락 사이로 들어갔으니까. 가끔 개들이 짖기도 했지만 대부분은 고요했단다. 방문이나 부엌문도 잠겨 있지 않았고. 그렇다고 방이나 부엌까지 들어가서 뭘 훔치고 그랬던 건 아냐. 그냥 우리집이 아닌 남의 집을 살펴본 게 다야. 며칠 지나 문득 그 골목으로 가면 이번엔 다른 집 담벼락이 무너져 있는 거지. 왜 그렇게 번갈아가며 담벼락이 무너졌던 걸까. 아직도 그 이유 모르겠어. 그 골목을 꽤 여러 번 오갔지만, 지금은 골목 대신 무너진 담벼락들만 떠올라. 그리고 그 담벼락 너머 내가 들어가서 봤던 집들도 함께. 골목이란 결국 집과 집 사이로 난 작은 길이잖아? 그 작고 좁은 길을 감싸는 조금은 더 큰 무엇인가를 봤던 걸까?"

✿

　사관학교 교관이 되어 탑산에 올랐을 때, 남원과 중원과 북원로터리를 보며 어릴 때 그린 둥근 계획도를 떠올렸다. 로터리를 중심으로 뻗은 도로들은 누군가에 의해 이미 계획된 길이란 생각도 들었다. 너비가 일정하고 꺾이는 지점도 분명했다. 그러나 골목은 달랐다.

　골목을 걸으며 골목을 이야기하고 골목을 그리워하는 엄마를 보고 있으니, 내가 그동안 엄마를 둥근 계획도 속에만 가둔 것이 아닐까 하는 생각이 들었다. 엄마를 위해서가 아니라 나를 위해서. 둥글고 예측 가능한 엄마라고 믿는 것이 내게 편했으니까.

　그러나 엄마에게도 골목들이 있었던 것이다. 로터리의 세계와는 전혀 다른, 좁고 꾸불꾸불하고 음침한, 그래서 더욱 사랑스러운!

✿

　사람의 눈물을 마시며 사는 새에 관한 동화를 들었던 적이 있다. 수호천사처럼 누구에게나 그런 새가 한 마리씩 따라다니며 삶의 고단함을 위로한다는 이야기. 그 얘길 10년쯤 전에 엄마에게 해드렸더니, 긴 숨을 뱉은 후, 진작 알았다면 자신의 수고를 덜었겠다고 했다.

　"네가 태어나자마자 눈물이 계속 밖으로 흘렀다는 얘길 했던가?"

　"그랬어요?"

"응. 눈물 구멍이 막혀서 그랬대. 결국 태어난 지 반년 만에 공안과에 가서 뚫었지. 나중에 또 눈물 구멍이 막힐지 모른다고 했어. 눈물이 지나치게 많이 흐르면 꼭 병원에 가보도록 해."

"눈물로 식량을 삼는 새를 부를게요."

"얼마나 쉼 없이 줄줄 흘러내리는지 네가 몰라서 그러는 거다. 그걸 다 마시려면, 아무리 눈물을 즐기는 새라고 해도 배가 터져버려."

그때부턴가보다. 눈물이 흐르면 슬픔의 깊이보다 눈물 구멍이란 단어부터 떠올렸다. 남은 인생에서 그 구멍을 걱정할 만큼 눈물을 흘릴 일이 있을까 싶었다. 나이를 먹을수록 눈물 흘리는 횟수가 줄어들었다.

☆

스무 살에 내가 서울을 떠나기 전까진, 엄마도 나도 '사랑한다'는 말을 서로에게 건네지 않았다. 일흔 살을 넘기면서부터 엄마는 내게 보내는 문자마다 '사랑해 아들'이라고 적었다. 나는 여전히 엄마에게 사랑이란 단어를 말하지도 쓰지도 않았다. 내 어릴 적 엄마가 성경에서 가장 많이 읽어준 구절 : 그런즉 믿음 소망 사랑 이 세 가지는 항상 있을 것인데 그중에 제일은 사랑이라(고린도전서 13장 13절).

✿

하나이자 전부인 책.

엄마에겐 성경이 그랬다. 첫 물방울을 대지로 내뿜는 샘도 성경이고,
그 샘이 개천을 이루고 강줄기로 흘러 도달한 바다도 성경인 셈이다.

✿

대학 신입생 1년을 보낼 기숙사 방에까지 엄마는 따라 들어왔다. 딱딱
한 나무 침대에 앉아보는 것은 물론이고, 옷장도 열어보고, 어디선가 걸
레를 구해와선 책상과 창틀까지 닦았다. 법대 신입생인 룸메이트는 부
산 출신이었다. 엄마는 처음 보는 그의 이름과 사는 곳과 아버지 직업까
지 물은 뒤, 그가 재수를 해서 나보다 한 살 많다는 것을 알아내곤, 내가
촌놈이라 어리석으니 잘 좀 부탁한다는 말을 더했다. 룸메이트는 사람
좋게 웃으며 뒷머리를 긁적거렸다. 그러고도 엄마는 한참 동안 기숙사
를 떠나지 않았다. 세면장과 샤워실과 세탁실까지 둘러보니 한 시간이
훌쩍 지나갔다. 엄마는 나와 같이 이 학교에 입학한 고등학교 동기생들
의 이름을 하나하나 외며, 기숙사에 있는지, 하숙을 하는지, 자취를 하는
지 물었다. 1년은 기숙사에서 준비를 한 뒤, 하숙이든 자취든 나가는 편
이 낫겠다는 의견까지 곁들였다. 나는 엄마의 등을 떠밀며 방을 나왔다.
하룻밤 기숙사에서 자고 갈 생각이었을까. 엄마는 자꾸 고개를 돌려 기

숙사의 내 방을 눈대중으로 살폈다. 룸메이트가 복도까지 나와서 열린 창문으로 고개를 내밀고 손을 흔들어줬다. 엄마도 화답하듯 손을 흔들며 내게 말했다.

"힘든 일 있으면 꼭 연락해라. 공중전화 부스가 어디 있지?"

"어서 내려가시기나 하세요. 버스 놓치겠어요."

엄마가 손목시계로 시간을 확인한 뒤 답했다.

"지금 가면 출발 한 시간 전엔 강남 터미널에 도착할 거야. 걱정 마라."

☆

그후로도 엄마는 종종 서울로 와선 내 방부터 살폈다. 기숙사 방이 하숙방으로 또 자취방으로 바뀌었지만, 엄마의 자세는 한결같았다. 방을 둘러보는 것은 물론이고, 그 집 주변의 골목까지 꼼꼼히 둘러봤다. 나도 모르는 것들, 예를 들어 하숙방을 나와 다섯번째 가로등이 고장났고, 열번째 집 마당엔 탱자나무가 제법 근사하다는 것까지 알아냈다. 내가 다른 방으로 이사한 후에도 종종 그때 그 골목들을 이야기했다.

"책 읽고 글쓰는 건 너를 완전히 믿어. 하지만 객지에서 고생하는 아들을 그냥 두고 볼 순 없지."

"제가 알아서 할게요."

"알아서 한다는 애가 이 모양이냐? 청소는 언제 한 거야? 책상은 왜 창을 등지고 앉도록 놓았어? 다 쓴 종이는 그때그때 챙겨 버리라고 했는데, 무릎까지 또 쌓였네. 걱정 마라! 내가 싹 정리해주고 갈 테니.”

나는 버티다가 겨우 마지막 방어선을 말했다.

“책상 위는 절대로 손대지 마세요.”

“알겠다.”

그후로도 엄마는 계속 맹렬하게 내 방을 치웠지만, 책상 위는 책과 자료들이 아무리 어지럽게 쌓여 있어도 손을 대지 않았다.

✿

방학이 되면 고향으로 돌아와서 길게는 한 달, 짧게는 열흘 남짓 머물렀다. 내 숟가락과 젓가락, 밥그릇과 국그릇, 칫솔. 스무 살에 서울로 올라가기 전 그 자리에 그대로 깨끗하고 단정하게 있었다. 이것들을 만나기 전, 대문에 걸린 익숙한 문패부터 나를 맞았다. 문패엔 엄마 이름도 아니고, 나나 동생 이름도 아닌, 이미 죽어 하늘나라로 떠난 아버지의 이름이 있었다. 엄마는 그 문패를 내가 남긴 물건들 보관하듯, 대문 옆에 붙여뒀다. 이미 사망신고를 마쳤지만, 집으로 오는 우편물에는 아버지 이름 석 자가 주소 제일 끝에 적혀 있곤 했다. 엄마는 그 이름을 소리 없이 입술로만 읽었다. 대학 신입생 시절, 근대문학을 배우는 개론 시간에, 문학은 시간을 직선이 아니라 곡선으로 흐르게 하며, 때로는 휘감아 되돌릴 수도 있다는 것을 배웠다. 동급생들은 그 개념을 어려워했지만, 나는 듣자마자 알아차렸다. 고향집 문패와 두고 온 내 물건들을 통해 엄마가 만드는 세계! 그 속에서 하루는 지나가기도 하지만 되돌아오기도 하는 것이다.

✿

단 한 번도 이야기가 바뀌지 않은 적이 없다. 충분한 시간을 갖고 머릿속에 구상을 완벽하게 했다고 판단한 후 집필을 시작하지만, 문장들을 만들어 밀고 가다보면 뜻하지 않은 곳에서 갈림길을 만났다. 길이 하나뿐이라고 여긴 대목에서 두 갈래 세 갈래 네 갈래 길을 만나면, 처음엔 당황하고 그다음엔 분노가 스멀스멀 올라온다. 여기서 예상하지 않았던 길로 들어서면, 미리 잡아놓은 구상들이 상당 부분 달라지는 것이다. 그래서 최대한 바꾸지 않으려고 버텨보지만, 결국 바꾸게 된다. 갈림길이 생겼다는 것부터가 첫 구상이 완전하지 않았다는 반증이니까.

때론 갈림길이 작품 속에서 만들어지지 않고, 작품 밖에서 던져질 때도 있다. 『엄마의 골목』은 후자였다.

✿

"내가 열 달 배 아파 낳은 자식이지만, 네가 장편작가로 살아가는 걸 보면 신기하단다. 괜히 네게 부담 줄 것 같아 말은 하지 않았지만, 네가 쓴 건 물론 다 읽었고, 어떤 건 두 번 혹은 세 번 읽기도 했어. 무슨 작품인지 묻진 마라. 네가 묻는다고 내가 순순히 그걸 알려줄 것 같니? 『혜초』나 『파리의 조선 궁녀, 리심』처럼 한반도를 벗어난 이야기도 흥미롭지만, 너랑 이렇게 진해의 골목을 걸어다닌 후론 『열두 마리 고래의 사랑이야기』나 『진해벚꽃』 그리고 「앵두의 시간」에 더 자주 손이 가더구나. 아들이 만든 소설 속 공간을 읽고, 그 공간을 직접 걸어보는 재미가 제법 쏠쏠하단다. 그렇게 비교하며 걸으니, 더더욱 네가 신기해 보여. 이야기 화수분이라도 되는 거야?"

"엄마한테서 물려받은 게 아니냐는 질문을 독자들에게 받습니다."

"전혀! 난 짧은 콩트도 쓴 적 없어."

"쓰고 말고의 문제는 아닙니다. 골목 구석구석, 제 눈엔 보이지도 않는 이야길 콕 집어서 끝없이 들려주시잖아요?"

"이야기 솜씨로 치자면, 구석할매가 최고였지."

내겐 허리춤에서 사탕을 몰래 꺼내 건네던 쭈글쭈글하고 깡마른 손만 기억에 남아 있다. 구석할매에게서 들은 이야긴, 없다.

"여든 살까진 정말 이야기를 맛깔나게 많이 하셨어. 모두들 아는 이야기도 구석할매가 하면 적어도 열 배는 더 흥미로웠단다. 동네 사람들이 할매 이야길 듣겠다고, 봄가을 달 밝은 밤엔 우리집으로 모여들기까지 했으니까. 나도 할매 치맛자락을 붙잡고 정말 많은 이야길 들었던 것 같아."

"근데 여든 살에 왜 이야길 멈추셨어요?"

엄마가 미간을 좁히며 답했다.

"바로 그 이율 물어도 이야기하질 않았어. 처음엔 답답했는데, 지금은 할매를 이해해드리려고."

"어떻게 이해를 해드린다는 거죠?"

"인생에서 아무도 풀지 못할 비밀을 하나쯤 간직한 채 죽는 것도 나쁘진 않아. 지금도 구석할매가 여든 살에 이야기꾼 노릇을 멈춘 까닭을 아는 이는 없단다. 그렇게 궁금하면 네가 어디 한번 이야기로 풀어봐. 쉽게 덤비진 마. 대문호가 오더라도 이 비밀을 풀긴 만만치 않단다."

엄마와 이야길 나누고 나면 쓰고 싶은 소설이 늘어난다. 하나같이 매혹적이지만, 시작도 중간도 끝도 알 수 없는 소재들이다. 그래도 포기하고 물러나기엔 아까운!

✿

초겨울에 한 번 정도 더 엄마와 진해를 걸고 원고를 마무리하는 것이 원래 계획이었다. 그러나 나는 이 약속을 깰 수밖에 없었다. 1996년 첫 장편을 내곤 처음 있는 일이었다. 민쟁 시인은 순순히 1년을 더 기다리겠다고 했지만, 문제는 엄마였다. 마음을 다진 후 전화를 걸었다.

"내년 봄 출간은 어렵겠습니다."

"어디 아프냐?"

목과 어깨 통증 때문에 『혁명, 광활한 인간 정도전』도 겨우 마쳤다. 그때 엄마에겐 아픈 사실을 숨겼는데, 꿈자리가 안 좋다며 전화해선 딱 저렇게 다섯 글자로 물었다. 어디 아프냐?

"맘이 잘 안 잡히네요. 신년엔 팟캐스트도 하나 진행해야 할 것 같습니다."

"팟캐스트?"

"언제나 골라 들을 수 있는 라디오 방송이라고 생각하세요."

"팟캐스트 진행하는 거랑 책을 못 내는 거랑 무슨 연관이 있어?"

이번에도 정확하게 약한 지점을 짚었다. 늘 두세 가지 일을 한꺼번에 해온 아들이 아닌가. 일 하나가 늘었다고 작가의 본분인 글쓰기를 미룬 적은 없었다.

"그게…… 세월호 유가족을 일주일에 한 명씩 만나 대화를 나누는 팟캐스트입니다. '걸어본다 진해'는 아무래도 1년 정도 미뤘으면 합니다. 괜찮으시겠어요?"

엄마가 잠시 침묵했다가 되물었다.

"1년이면 되겠어?"

2002년 『나, 황진이』를 내고 13년이 지났다.

"네. 충분해요. 그보다 더 빨리도 가능하지만, 넉넉잡고 말씀드리는 겁니다."

"알겠다. 그리해라."

☆

2016년 1월 11일부터 팟캐스트 〈416의 목소리〉를 시작했다. 처음으로 스튜디오에 출연한 유가족은 전인숙님이었다. 그녀가 자신을 소개한다.

"2학년 4반 임경빈 엄마입니다."

엄마였다.

☆

다시, 진해로 내려갈 여유가 생긴 것은 아홉 명의 유가족을 만난 직후였다. 벌써 3월이었다. 엄마에게 뵈러 가겠다고 전화를 했더니, 대뜸 질문이 날아들었다.

"팟캐스트를 한다고 했었지? 그동안 어떻게 진행이 되었어?"

"엄마들을 만났어요. 아빠들도 만났고요. 자식 잃은 부모들이죠."

엄마의 굴복

✿

3월 18일.

진해로 내려갔다. 비가 내렸다. 으슥한 밤길을 걸으며 사진을 석 장 찍었다. 딱 석 장만 찍었는데, 그것들이 모두 마음에 드는 특별한 날이었다. 소설로 치자면 걸어낼 문장이 하나도 없는 날. 봄비, 봄밤, 봄길이란 이름을 붙여줬다.

✿

저혈압인 엄마는 커피를 즐겨 마셨다. 내가 드립 커피를 본격적으로 즐기기 시작하자, 드립을 잘하는 카페를 알아두었다가 내가 진해에 가면 같이 가자고 나섰다. 엄마와 마주앉아 커피를 마시는 동안, 나는 엄마를 정면으로 쳐다봤고 또 엄마의 이야기를 들었다. 엄마가 쉰 살 때, 예순 살 때, 일흔 살 때, 왜 이렇게 마주앉지 못했을까. 짧은 후회 위로 엄마의 이야기가 파도처럼 넘실거렸다. 엄마는 내가 알든 모르든, 친척들에 관한 시시콜콜한 이야기를 늘어놓았다. 사람 좋은 내 아버지가 얼마나 그들에게 잘했는지, 그런데 그들은 또 얼마나 엄마에게 잘못하고 있는지, 에피소드 백 개쯤은 가볍게 짚고 지나갈 분위기였다. 그 이야기들이 어디까지 사실이고 어디까지 의견인가를 확인할 방법도 없었다. 이야기의 끝은 대부분 엄마가 교회에 가서 기도를 드렸다는 것이고, 응답을 받아 고비를 넘겼으며, 하나님의 인자하심으로 그들의 무례를 이젠다 용서한다는 것이다. 그러나 용서가 조금은 덜 되었는지, 다음에 다시다른 카페에 가면 엄마는 예전에 들은 이야기를 또 꺼냈다. 평생 이야기하기 위해 용서를 조금 덜 하는 것인지, 용서를 조금 덜 할 수밖에 없는일이기 때문에 계속 이야기를 하는 것인지, 판단이 서지 않았다. 어느 쪽이든, 커피를 두 잔 더 마실 때까지 이야기가 이어지기는 마찬가지였다.

☆

늦은 밤인데도 엄마는 커피를 내왔다.

"세월호 엄마들을 만나며 원칙이 생겼어요."

"그게 뭐야?"

"먼저 울지 않는다는 것. 제가 울면 엄마들이 저를 위로하며 다독이더라고요. 한번 그런 일을 겪고 나니, 이게 뭔가 싶었어요. 자식 잃고 비통한 엄마들이 저를 위로한다는 게 말이나 되는 소립니까. 그래서 맘을 바꿨어요. 절대로 먼저 울지 않겠다고."

"마서. ……고생했다."

엄마의 골목

☆

3월 19일.

엄마는 아침부터 '백석의 마산길'을 걷자고 했다.

"진해엔 더 가보고 싶은 골목 없어요?"

"물론 아직 많이 있지만, 오늘은 백석을 따라 걷고 싶어. 신문 기사를 보니까, 육호광장에서 어시장까지 주욱 내려오면 되더라고. 한 시간도 채 안 걸려."

'걸어본다' 시리즈에서 내가 맡은 곳은 진해였다. 마산은 진해를 넘어선다. 민쟁 시인은 이런 이탈을 어찌 생각할까. 내 맘이 보이기라도 하는 듯, 엄마가 물었다.

"진해만 걸어야 하는 거니?"

"아닙니다. 가죠, 가요."

에세이에 담는 건 나중 문제이고, 오늘은 책 출간을 미룬 뒤 엄마와 함께 걷는 첫날이었다. 시내버스에 나란히 앉은 뒤 엄마가 충고하듯 한마디 보탰다.

"출판사 담당자를 만나면 이렇게 설명을 해라. 진해가 진해에만 있는 게 아니라고. 옛날부터 마산과 창원에 이어진 곳이 바로 진해라고. 바로 네가 산증인 아니냐. 진해에서 태어나고 창원에서 유년기를 보내고 마산에서 청소년기를 지나간 사람. 마진창이니 마창진이니 창마진이니 하는 얘기가 헛말이 아니란다. 그만큼 셋은 가까이 붙어 있어."

엄마도 마찬가지였다. 귀국선을 타고 돌아온 뒤 여고 졸업까진 진해에 머물렀지만, 그후 8년간은 네 군데 국민학교의 교사로 옮겨다녔고, 결혼 후엔 잠시 서울에 신접살림을 차렸다가, 창원으로 내려와서 내가 국민학교 5학년 때까지 머물다가, 마산으로 집을 지어 옮겼으며, 지금은 다시 진해로 돌아간 것이다. 대전과 서울에 잠깐 머문 것 외엔 대부분의 시간을 진해와 그 이웃 창원과 마산을 돌며 지냈다. 엄마에게 세 도시는 한몸처럼 느껴졌고, 통합창원시가 되었을 땐, 어차피 그렇게 흘러갈 일이라고 가장 먼저 인정하기도 했다.

백석의 마산길은 어떻게 해서 만들어졌을까.

1936년 시인 백석은 통영에 사는 난이란 여자를 만나기 위해, 마산역에서 내려 구마산 선창까지 걸어가선 통영행 배에 올랐다. 이 과정이 백석의 「통영統營 2」의 첫머리에 나온다.

구마산舊馬山의 선창에선 좋아하는 사람이 울며 나리는 배에 올라서
오는 물길이 반날
갓 나는 고당은 갓 갓기도 하다

바람 맛도 짭짤한 물맛도 짭짤한

전북에 해삼에 도미 가재미의 생선이 좋고
파래에 아개미에 호루기의 젓갈이 좋고

엄마의 골목

새벽녘의 거리엔 쾅쾅 북이 울고

밤새껏 바다에선 뿡뿡 배가 울고

자다가도 일어나 바다로 가고 싶은 곳이다

집집이 아이만한 피도 안 간 대구를 말리는 곳

황화장사 령감이 일본말을 잘도 하는 곳

처녀들은 모두 어장주漁場主한테 시집을 가고 싶어한다는 곳

산山 너머로 가는 길 돌각담에 갸웃하는 처녀는 금錦이라던 이 같고

내가 들은 마산馬山 객주客主집의 어린 딸은 난蘭이라는 이 같고

난蘭이라는 이는 명정明井골에 산다던데

명정明井골은 산山을 넘어 동백冬柏나무 푸르른 감로甘露 같은 물이 솟는 명정明井샘이 있는 마을인데

샘터엔 오구작작 물을 긷는 처녀며 새악시들 가운데 내가 좋아하는 그이가 있을 것만 같고

내가 좋아하는 그이는 푸른 가지 붉게 붉게 동백冬柏꽃 피는 철엔 타관 시집을 갈 것만 같은데

긴 토시 끼고 큰머리 얹고 오불고불 넘엣거리로 가는 여인女人은 평안도平安道서 오신 듯한데 동백冬柏꽃이 피는 철이 그 언제요

옛 장수 모신 낡은 사당의 돌층계에 주저앉아서 나는 이 저녁 울 듯

울 듯 한산도閑山島 바다에 뱃사공이 되어가며

녕 낮은 집 담 낮은 집 마당만 높은 집에서 열나흘 달을 업고 손방아
만 찧는 내 사람을 생각한다

—『사슴』(백석, 안도현 엮음, 민음사, 2016)

엄마는 백석의 시들을 특히 좋아했다. 『백석의 맛』이란 책이 나오기도
전에, 엄마는 몇몇 구절에서 평안북도 음식들을 발견하곤 내게 전화를
걸어 알렸다.

"송구떡 어떻게 만드는 줄 아니? 당콩밥은 먹어봤어? 내가 처음 시집
왔을 때, 시어머니가 가르쳐준 음식이 바로 기장감주와 모밀국수란다.
백석도 그것들을 즐겨 먹었나봐. 다음에 만나면 해줄게."

그리고 엄마는 처음 보는 평안도 음식들을 내가 갈 때마다 상 위에 얹
었다. 그 음식이 나오는 백석의 시를 처음부터 끝까지 낭송한 뒤 재료와
요리법을 설명하였다. 그때 엄마의 얼굴엔 뿌듯함이 가득했다. 그런데
백석이 마산역에서 부둣가까지 걸었다고 하니, 그 길을 꼭 가고 싶은 마
음이 든 것이다.

나도 백석이 좋았다. 음식에 끌리진 않았지만, 평안도 정서가 곳곳에
서 내 가슴을 찔러댔다. 그것은 어렸을 때, 우리집을 가끔 오갔던 실향민
들의 목소리이기도 했다. 특히 나는 겨울 평안도의 고독을 그의 시 곳곳
에서 느꼈다. 『밀림무정』을 쓸 때, 권두시로 백석의 시 「나와 나타샤와
흰 당나귀」를 끌어다 쓴 것은 우연이 아니다. 전업 작가가 되어 처음으

로 쓴 장편에 이 구절을 꼭 넣고 싶었던 것이다.

　산골로 가는 것은 세상한테 지는 것이 아니다
　세상 같은 건 더러워버리는 것이다

　역이 있던 육호광장에서 구 선창가까지는 완만한 내리막길이었다. 가볍게 걷기 좋은 직선 코스인 것이다. 그러나 산책에 어울리는 길은 아니었다. 쉼 없이 차들이 오갔기 때문이다.

　내가 이런저런 말을 붙여봤지만 엄마는 앞서 걸으며 침묵했다. 이상한 침묵이었다. 평소라면, 백석의 시를 열 편도 넘게 외웠을 것이다. 백석 이전엔 이해인 수녀의 시들을 즐겨 암송하였고, 그전엔 법정 스님의 짧은 산문들도 외웠고, 그전엔 김소월의 시를 옮겨 적고 소리내어 읽으며 행복해했다. 그리고 백석이었다. 심한 평안도 사투리들도 힘들이지 않고 척척 외웠다. 백석의 마산길 위에서라면 그런 시들이 술술술 나와야 정상이었다.

　부산형무소 마산지소와 창동 입구 불종거리를 지나 백 년 객주의 집을 통과하여 구마산 선창에 이르렀다. 예전에는 선창이었지만, 매립을 했기 때문에 바닷가에 닿으려면 좀더 걸어나가야 했다. 갈매기들이 흐린 하늘을 빙빙 날았다.

　"더 가볼까요?"

　"돌아가자."

엄마는 돌아서서 버스 정류장으로 향했다. 버스가 장복산을 통과하여 진해 집 앞 정류소에 닿을 때까지 엄마는 역시 말이 없었다. 나는 그녀를 홀로 두고 일부러 뒷좌석에 앉았다.

그 저녁 엄마는 갑자기 두부산적을 만들겠다고 했다. 백석의 시「고방」에 등장하는 음식이었다. 엄마가 경화동에 장을 보러 간 사이, 나는 엄마가 곳곳에 하얀 간지를 끼워둔 『백석 시집』을 폈다. 그리고「통영 2」를 찾아 눈으로 훑었다. 엄마는 그 시의 제일 마지막 부분에 푸른 펜으로 동그라미를 쳐뒀다. 엄마가 종일 길 위에서 말하지 않고, 생각만 한 이유를 비로소 깨달았다.

내 사람을 생각한다

☆

그 저녁엔 창원 성산도서관에서 강연을 했다.

청중 앞에서 이야기를 쏟고 나면, 우물물이라도 잔뜩 마셔 허허로움을 채우고 싶다.

29년이란 길을 거슬러올라간 하루였다. 스무 살 진해 촌놈 김탁환은 여기서 누구를 만나고 무엇을 읽고 무슨 상상을 하며 어떤 즐거움에 빠져들었던가. 거기서부터 나는 얼마나 멀리 떨어졌는가 혹은 다시 가까

엄마의 굴복

위지는 중인가. 향수에 젖지 않고, 과거를 현재와 연결시키며 그 현재로부터 미래를 싹 틔우는 것. 당신은 오늘 당신의 길 위에서 무슨 생각을 하였나요? 어떤 풍경을 품었는지요? 혹시 상처나 고통이 심해진 건 아닌지…… 마음의 깊이를 헤아리는 밤.

✿

　육체. 엄마의 알몸을 본 게 언제였던가.

　창원에 살며 웅남국민학교를 다닐 때, 우리 가족은 토요일 오후마다 진해로 넘어갔다. 미리 예약한 가족탕에서 목욕을 하기 위해서였다. 내가 살았던 창원군 연덕동에는 공중목욕탕이 없었다. 가족탕은 말 그대로 두 명 이상 가족 단위로 이용하는 곳이다. 세 명이 넉넉하게 들어갈 만한 탕이 있는 욕실에 옷장과 탁자와 텔레비전이 있는 탈의실이 딸렸다. 엄마는 그 탕에 더운 물을 먼저 받았다. 물이 차는 동안, 네 식구는 둘러앉아 통닭을 한 마리 뜯거나 탕수육을 한 접시 비웠다. 그리고 1학년에 갓 입학한 나와 아직 미취학 아동인 동생이 먼저 훌훌 옷을 벗고 탕으로 들어갔다. 아버지가 그다음에 들어왔고, 엄마는 언제나 제일 마지막이었다. 그렇게 적어도 스무 번은 넘게 같이 목욕을 했으며, 그때마다 엄마의 알몸을 보았지만, 그 몸이 자세히 떠오르진 않는다. 차라리 탈의실에 걸어뒀던 엄마의 하얀 브래지어가 머릿속에 더 또렷이 남아 있다. 남자들은 입지 않는 속옷을 엄마만 입었던 것이다.

오늘 계획한 골목을 모두 돈 뒤, 엄마에게 물었다.

"요즘도 가족탕 가는 사람 있어요?"

"집집마다 욕실이 있는데, 가족탕은 무슨……"

말끝을 흐리며 엄마가 웃었다.

"가족탕 가던 골목 기억나세요?"

"기억하고말고. 그런데 가족탕을 하던 곳이 한두 군데가 아니야."

골목도 추억도 여럿이란 이야기다. 엄마가 이어 말했다.

"참 좋은 시절이었지. 같이 밥 먹고, 같이 목욕하고, 돌아올 땐 다 같이 찬송 부르고. 왜 그땐 몰랐을까."

✿

다시 육체. 아버지가 죽은 뒤 수영복을 입은 엄마를 본 적이 없다.

✿

3월 20일.

아침부터 동생이 엄마 집으로 왔다. 서둘러 행암으로 갔고, 도다리쑥

국으로 아침 겸 점심을 먹었다. 동생이 물었다.

"진해 바다 70리길은 걸어야죠?"

엄마는 이미 아는 듯 눈웃음을 지었다.

"진해 바다 70리길이 뭡니까?"

"일곱 개 구간이야. 제1구간 진해항길, 제2구간 행암기찻길, 제3구간 합포승전길, 제4구간 조선소길, 제5구간 삼포로 가는 길, 제6구간 흰돌메길, 제7구간 안골포길. 여긴 제2구간이 끝나고 제3구간이 시작되는 지점이지."

둘레길이 유행이라더니 진해에도 바닷길을 만든 것이다.

"걷고 싶은 길 있으세요?"

"진해항길이야 자주 산책하는 길이고, 행암기찻길도 학창 시절에 수십 번 오간 길이야. 방금 말한 구간들 중에는 그래도 삼포로 가는 길이 끌리는데."

동생이 끼어들었다.

"명동에서 괴정까지 3.4킬로미터. 한 시간은 부지런히 걸어야 합니다."

"어떻게 그걸 다 외워?"

"당연하죠. 이 길들 다 우리 회사가 측량한 겁니다. 내가 드론까지 띄워 주변 경관까지 살폈어요. 허투루 대충대충 일하진 않습니다."

"근데 왜 삼포로 가는 길이지?"

엄마가 쑥국을 뜨다 말고 손가방에서 하모니카를 꺼내 물었다. 동생은 슬쩍 뒤를 돌아보았다. 이른 시각이라 2층엔 손님이 우리밖에 없었다. 그제야 노래 하나가 내게도 떠올랐다.

"정말 그 삼포가 이 삼포야?"

대답 대신 동생은 엄마의 하모니카 반주에 맞춰 노래를 시작했다. 명동에서 괴정까지 한 시간을 걸은 뒤 보게 될 노래비의 노랫말이 동생의 입에서 흘러나왔다.

바람 부는 저 들길 끝에는 삼포로 가는 길 있겠지.
구비구비 산길 걷다보면 한 발 두 발 한숨만 나오네.
아 뜬구름 하나 삼포로 가거든
정든 님 소식 좀 전해주렴. 나도 따라 삼포로 간다고.
사랑도 이젠 소용없네. 삼포로 나는 가야지.

저 산마루 쉬어가는 길손아 내 사연 전해 듣겠소.
정든 고향 떠난 지 오래고 내 님은 소식도 몰라요.
아 뜬구름 하나 삼포로 가거든
정든 님 소식 좀 전해주렴. 나도 따라 삼포로 간다고.
사랑도 이젠 소용없네. 삼포로 나는 가야지.

천자봉 공원묘지로 갔다. 3월 21일이 아버지 기일이다. 기일에 맞춰 진해로 내려온 것도 10년 만이다. 그전에 해마다 꼬박꼬박 3월 21일이

113   엄마의 골목

면 진해로 갔지만, 10년 전에 엄마가 선언했다. 이제 추도 예배를 더이상 보지 않겠다고.

"내려오는 걸 막진 않겠지만, 일부러 시간을 내진 마. 추도 예배를 없앴 으니 내려와도 공식적인 모임은 없어. 산소에 가서 기도하는 게 전부야."

엄마는 3월 21일보다 일찍 혹은 늦게 산소를 다녀갔다. 나는 엄마와 함께 산소에 갈 기회를 번번이 놓쳤다. 서울은 틈 없이 바쁜 나날을 강요 하는 도시였다. 추도 예배가 사라지자, 장남인 내가 친척들 앞에서 할 역 할도 없어졌다. 엄마는 조용히 홀로 남편의 삶과 죽음을 되새기고 싶어 했다.

그러다 10년 만에 두 아들과 함께 기일 하루 전날 산소에 도착한 것이 다. 엄마는 산소의 잡풀을 뜯고, 새로 마련해간 꽃을 시든 꽃과 바꿔 꽂 았다. 교회에 착실하게 다니는 동생은 제법 길게 기도를 드렸지만, 나는 눈을 감고 나보다 어린 나이에 세상을 뜬 한 사내의 얼굴을 기억해내려 고 애썼다.

아버지가 살아 있었다면 내 인생은 달라졌을까.

달라졌을 것이다. 그는 내가 상과대학에 진학하길 바랐다. 그가 그렇 게 일찍, 내가 고등학교 2학년 때 세상을 떠나지 않았다면, 내가 국문과 를 거쳐 소설가가 되는 길은 훨씬 어려웠을 것이다. 그 길 어디쯤에서 소 설가의 꿈을 접었을지도 모른다. 그런 것이다, 인생은. 누군가의 존재가 누군가의 삶을 바꾸듯 누군가의 부재가 누군가의 삶을 바꾼다.

항상 그다음이 문제였다. 산소까진 그럭저럭 오지만, 그다음엔 어디로 가서 무엇을 한단 말인가. 집으로 가기엔 허전하고 그렇다고 따로 할 일도 없다. 동생은 동생 집으로 가고, 나는 서울로 가고, 엄마는 엄마 집으로 가는 것도 이상한 노릇이다. 엄마가 말했다.

"바다 보러 가자."

나와 동생의 시선이 마주쳤다. 바다! 그래, 그냥 흩어지는 것만 아니라면, 셋이서 함께 엄마 집으로 돌아가 침묵하는 것만 아니라면.

동생이 운전석에 앉자마자 목적지를 내게 말했다.

"창원해양공원으로 갈 겁니다. 우도까지 들어가죠. 형은 처음이죠?"

"해양공원이 생겼어?"

"제법 근사해요."

"우도는?"

"제주도에만 우도가 있는 게 아니라 진해에도 있어요. 벽화 마을을 조성했는데, 그림들이 꽤 멋지답니다."

동생의 장담이 허풍은 아니었다. 해양공원으로 들어서자마자, 장쾌한 바다가 펼쳐졌다. 해군사관학교든 속천이든, 그 바다들은 섬으로 둘러싸인 호수 같은 바다였다. 첩첩이 섬으로 가려져 있기에, 군항으로서의 가치가 높은 것이다. 그러나 해양공원의 바다는 군데군데 섬이 있긴 하지만, 남성적인 바다였다. 배들은 속력을 높여 오갔고, 갈매기들은 반짝이는 수면에서 높은 하늘까지 자유롭게 오갔다.

우도의 벽화도 멋있었다. 그렇고 그런 벽화들이 아니라 바다의 다채

로움을 아는 이들의 솜씨였다. 특히 많은 물고기들이 모여 한 마리 거대한 고래가 되는 벽화는 마음에 쏙 들었다. 즐겁게 사진을 찍었다. 우도에서 되돌아나오는 다리 위에서, 유쾌한 기분이 사라졌다. 다리 바로 아래에 배 한 척이 멈춰 있었다. 그 배에서 바다로 드리운 긴 줄이 다리 위에서 또렷이 보였다. 그 줄을 보자마자 나는 알아차렸다, 표면 공급 방식으로 호흡하는 잠수사가 수중에 있음을. 맹골수도 근처에 침몰한 세월호로 들어가 희생자를 수습한 민간 잠수사들도 바로 저렇게 생명줄 하나에 의지한 채 수중으로 뛰어들었다. 엄마가 내 표정이 딱딱하게 바뀌는 걸 보곤 물었다.

"왜? 무슨 일 있어?"

"아니에요, 아무것도."

☆

이 책에는 두 가지 골목이 있다. 엄마와 함께 걷는 골목과 엄마 마음의 골목. 두 골목이 모여 엄마만의 동네가 만들어지는 것이다. 그 동네의 이름도 진해일까.

☆

상경해서, 북스피어 김홍민 대표와 만났다. 작년 겨울 계약할 때부터 세월호에 관한 소설을 쓰고 싶다고 말해왔지만, 민간 잠수사가 주인공인 장편으로 가겠다고 설명한 적은 없었다. 김대표가 물었다.

"진해는 어떠셨어요?"

"쓰리더군요. 봄볕이 너무 따뜻해 쓰렸고 바다가 너무 푸르러 쓰렸습니다. 지금까지 쓴 거 다 버리고, 오늘 첫 문장 첫 글자를 다시 적으려 합니다. 더 부서져야 할까봅니다."

☆

장편소설, 바다를 건너가는 일.

☆

세상에서 가장 어려운 일 중 하나가 진해 벚꽃이 피는 날을 맞히는 것이다. 군항제를 며칠 앞두고 벌써 만개한 벚꽃 거리를 걷는다. 1996년 해군 소위 김탁환이 지나간다.

"글은 좀 건졌는가? 아직도 소설가가 되겠다는 생각엔 변함이 없어?"

✿

내게는 봄의 빛깔이 제각각이다.

창원의 봄은 앵두처럼 붉고, 진해의 봄은 벚꽃처럼 희다.

그리고 2014년부터 새로운 빛깔이 생겼다.

개나리처럼 노란 봄.

기다리는 봄.

✿

　해군 의장대 총검술 시범은 군항제 거리 공연의 백미다. 중원로터리 간이 무대에 예복을 입은 의장대 병사들이 일렬횡대로 서면, 흥겨운 음악도 그치고 일순간 침묵이 도시 전체를 덮었다. 끝에 선 병사부터 총을 쥐고 들고 끼우고 눕히고 흔들면, 파도를 타듯 그 동작이 반대쪽 마지막 병사까지 시간 차이를 두고 반복되었다. 총은 하늘로 치솟아 산을 만들기도 했고 땅으로 꺼져 골짜기를 파기도 했다. 동작 하나가 끝날 때마다 쉼 없이 박수가 터져나왔다. 전화로 내 이야기를 듣던 엄마가 거들었다.

　"네가 국민학교 3학년 때였던가 4학년 때였던가? 그해도 중원로터리에서 의장대 총검술을 봤지. 열 번이든 백 번이든 볼 때마다 대단한 솜씨에 눈을 끔벅일 틈도 없었다니까. 한데 그해엔 참 안타까운 일이 생겼더랬어. 너도 기억하지? 의장대가 제일 마지막 순서로 총을 허공으로 던졌다가 받는 시범을 보였는데, 일곱번째였던가 여덟번째였던가, 그 수병이 떨어지는 총을 잡지 못하고 그만 놓쳐버린 거야. 총은 수병의 손을 스쳐 바닥에 탕 하고 부딪친 후 무대 가장자리까지 튕겨 굴렀지. 총을 떨어뜨린 수병은 자신의 빈손과 저만치 구른 총을 번갈아 보며 벌벌 떨었어. 급히 가서 총을 집었으면 좋겠는데, 멀리 객석에서 봐도 수병의 무릎이 후들거리더라고. 그 침묵을 깨고 가장 열심히 손뼉을 친 게 바로 너였어. 네가 박수를 보내자, 다른 관객들도 격려의 박수를 보냈단다. 하지만 총을 챙겨 무대에서 내려오는 수병의 얼굴엔 눈물이 가득 고였어. 어깨를 살짝 건드리기만 해도 눈물이 주르륵 볼을 타고 흐를 지경이었지. 해군 의장대 역사에서 군항제 총검술 도중 총을 떨어뜨린 유일한 수병이 아닐까 싶어. 그다음 해에도 같은 장소에서 의장대 총검술을 구경했단다. 혹시 그 수병이 또 나왔는지, 앞줄까지 일부러 나가 유심히 살폈지. 하지만 그 수병은 없었어. 그사이에 제대를 한 건지, 아니면 단 한 번의 실수로 인해 의장대에서 다른 부서로 문책성 전출을 간 건지 알 순 없지만, 하여튼 참 안타까운 일이지. 군항제 하면 좋은 일들로 가득하니까, 이렇게 슬픈 일들 몇 가진 잊히지 않나봐."

생도들의 연애는 엄격히 제한되었다. 연애 자체가 금지된 것은 아니

엄마의 골목

지만, 학교 안팎에서 만날 땐 몸가짐에 주의해야 했다. 여자친구와 손을 잡거나 팔짱을 끼고 걷는 것은 금지되었다. 손도 못 잡으니, 거리에서 포옹을 한다거나 입을 맞추는 것은 상상도 하기 어려웠다.

해군사관학교 교수부에 재직하는 동안, 주말에 종종 거리에서 생도들을 우연히 발견했다. 깔끔한 군복에 모자까지 쓰고 허리를 꼿꼿하게 세운 채 걷는 생도들은 멀리서도 눈에 금방 띄었다. 나는 사복 차림으로 편하게 진해 시내를 돌아다녔지만, 생도들은 항상 단정하고 당당했다. 동기나 선후배들과 어울리기도 했지만, 간혹 여자친구와 걸어가는 생도도 있었다. 나란히 걷더라도 가까이 붙진 않았다. 둘 사이에 또 한 사람이 들어갈 정도로 간격이 컸다. 가끔 멈춰 서서 서로를 바라볼 땐, 안타까움이 내게까지 전해졌다. 당장이라도 손을 잡고 입을 맞추며 서로의 체온을 느끼고 싶은, 피 끓는 청춘 남녀가 아닌가. 그런데도 그들은 신체 접촉 없이 거리를 둔 채 웃음을 주고받았다. 애틋했다.

소위 시절이었다. 군항제가 절정인 주말 저녁, 자취방을 나서려다 말고 출입문을 살짝 열었다가 닫은 채 멈춘 적이 있다. 남녀의 인기척을 느낀 것이다. 주먹 하나 겨우 들어가는 문틈이었지만, 여자를 꼭 끌어안고 입을 맞추는 남자가 사관생도란 걸 알아차렸다. 관광객으로 넘쳐나는 봄 거리를 아주 멀찍이 떨어져 걸었으리라. 그러다가 골목을 꺾어 들어와서, 길 위에 아무도 없다는 걸 확인하자마자, 둘은 누가 먼저랄 것도 없이 부둥켜안고 진한 입맞춤을 한 것이리라. 이제 곧 생도는 사관학교로 돌아가야 하고 여자친구는 다음 외출일까지 기다려야 한다. 이메일도 휴대폰도 없던 시절이었다.

넉넉하게 10분은 멈췄던가보다. 둥근 손잡이를 쥐고 서선, 사랑의 표현을 막는 규칙엔 무엇이든 반대하리라 생각했다.

☆

군항제와 관련된 이야기는 차고 넘친다. 그중에는 진해 사람만 아는 비밀 아닌 비밀도 제법 많다. 그 비밀을 말하고 들은 때는 진해 사람이라는 강한 동질감과 은근한 자부심이 만들어졌다. '멍청한 도둑'이라고 내가 제목을 붙인 이야기를 엄마는 유난히 좋아한다. 나는 이 이야기를 국민학생 때 외할아버지에게 들었다.

"전국을 떠돌며 금은방만 골라 털던 도둑이 진해에 왔습니다. 20년 동안 한 번도 체포된 적 없는 노련한 도둑이었죠. 3월 20일부터 일주일 동안 금은방 일곱 군데를 연이어 털고, 27일 밤에 여좌동에 있는 '눈부신 금은방'을 여덟번째로 털다가 경찰에게 쫓기게 되었습니다. 아직 장물을 팔아치우지 못해, 도둑의 가방엔 진해에서 훔친 보석들이 가득했지요. 보석 감정도 곧잘 하는 도둑은 값비싼 다이아몬드만 따로 추려 천으로 만든 지갑에 넣고 다녔습니다. 추격망이 옥죄어오자, 도둑은 은신처 앞 도로에 난 작은 구멍에 다이아몬드가 든 지갑을 넣고 흙으로 단단히 덮은 뒤 버스를 타고 부산으로 달아났습니다. 그리고 군항제가 열렸지

엄마의 골목

요. 도둑은 군항제가 끝나고 닷새쯤 더 있다가, 그러니까 4월 15일에 진해로 돌아왔습니다. 여전히 거리 곳곳엔 금은방 털이범을 수배하는 알림 글과 범인의 몽타주가 붙어 있었죠. 몽타주를 본 도둑은 안도의 한숨을 쉬었습니다. 몽타주와 자신의 얼굴이 무척 달랐기 때문입니다. 깊은 밤 몰래 도로로 나가 구멍을 채웠던 흙을 치워내고 지갑을 꺼내 품고 떠나면 그만이라고 여겼죠. 적어도 10년 동안은 진해에 오지 않겠다는 마음도 먹었습니다. 팔도엔 도둑이 방문할 도시가 많았고 금은방은 더 많았으니까요. 그런데 그 밤을 내내 돌아다녔지만, 도둑은 도로에서 천 지갑을 숨겨둔 구멍을 찾지 못했습니다. 다음날 밤도 그다음 날 밤도 해가 뜰 때까지 꼬박 진해 시내를 걸었지만 헛수고였지요. 믿기 어렵겠지만, 진해의 아스팔트 도로엔 구멍이 단 하나도 없었습니다. 한 달이 채 지나기 전만 해도, 보석을 감춘 구멍뿐만 아니라 도로 곳곳에 크고 작은 구멍이 있었습니다. 도둑은 어느 구멍이 가장 좋을까, 하고 여러 구멍 중 하나를 고르느라 엄지로 관자놀이를 눌러 돌리기까지 했습니다. 그러나 지금은 정말 구멍이 단 하나도 없었습니다. 군항제가 시작되기 직전, 자동차가 다니는 진해의 도로에 아스팔트를 다시 깐다는 것을, 도둑은 몰랐던 겁니다. 기존의 아스팔트를 걷어내진 않고, 두껍게 아스팔트를 새로 깐 다음, 눌러 밀착시키는 방식을 취합니다. 그러니까 진해의 아스팔트 도로는 적어도 30번에서 40번쯤 층이 진 셈입니다. 뒤늦게 이 사실을 안 도둑은 모든 걸 포기하고 진해를 떠났습니다. 지금도 진해의 도로 밑 어딘가에는 그 도둑이 숨겨두고 찾지 못한 다이아몬드가 그대로 있습니다. 탐이 난다고 도로에 구멍을 뚫으시면 안 됩니다. 바닷가 모래사장에서 잃어버린 반지를 찾는 것보다 훨씬 어려운 일이니까요. 혹시 진해를 방문하여 금은방을 털려는 새로운 도둑을 만나면 알려주세요. 아무리 급하더라도 도로에 난 구멍에 보석을 숨기진 말라고."

☆

〈로망스〉(2002)란 드라마가 인기를 끈 뒤론, 군항제가 다가오면 지인들이 내게 묻곤 한다.

"진해가 고향이라면서요? 로망스 다리 가봤어요?"

물론 그 다리를 알고 있고 걸어봤다. 평생에 꼭 한 번은 가보라고 권할 만큼 아름답다. 하지만 진해의 벚꽃을 만끽하기 위해 어디로 가야 하느냐고 묻는다면, 나는 주저하지 않고 마진터널에서부터 장복산을 꼬불꼬불 내려오는 2차선 도로를 권할 것이다.

창원과 진해를 평지로 잇는 장복터널이 새로 뚫리기 전까진, 뱀처럼 이어진 2차선 도로로 산을 오르내려야 비로소 진해에 닿았다. 오르막이 끝나고 내리막이 시작되는 장복산 중턱에 마진터널이 있었다. 터널을 지난 시내버스는 무조건 멈춰 섰다. 운전사가 출입문을 열자마자 철모를 쓰고 군복을 입고 완장을 찬 헌병이 큰 동작으로 올라와선 거수경례를 했다. 지은 죄도 없지만, 승객들은 침묵하며 눈을 내리깔았다. 헌병은 머리 짧은 남자나 군복 차림 군인들을 골라 신분증이나 휴가증을 요구했다. 헌병이 다시 경례를 한 후 버스에서 내리면 승객들은 비로소 참았던 숨을 내쉬었다. 진해에 무사히 도착했다는 신호였다.

검문소 옆에는 헌병들이 숙식을 해결하는 단층 직사각형 건물이 붙어 있었다. 1979년 8월 25일 태풍 주디가 와서 폭우가 쏟아진 여름, 산사태로 인해 건물 전체가 흙더미에 묻혔고, 헌병 8명도 아까운 목숨을 잃었다. 지금 그 자리엔 그들의 죽음을 기리는 순직비가 서 있다.

장복터널이 개통된 뒤로 마진터널은 뒷방 늙은이 신세다. 느릿느릿 오붓한 드라이브를 즐기는 데이트족이나 자전거 애호가들, 등산객 외엔 오가는 이가 드물다. 장복산 자락에 있는 할아버지 산소에 추석 성묘를 갔다가 이 길로 걸어 내려왔던 적이 있다. 낙엽 같은 길이었다.

4월이 오면 이 길은 놀랍도록 탈바꿈한다. "국경의 긴 터널을 빠져나오자, 눈의 고장이었다"라는 가와바타 야스나리의 소설 「설국雪國」의 첫 문장처럼, 마진터널의 어둠을 천천히 걸어 통과하자마자 순백의 세상과 맞닥뜨리는 것이다. 도로가 좁은 2차선인 탓에 벚나무 가지들이 허공에서 서로 만나 벚꽃터널을 이룬다. 그 하얀 터널 아래로 걸어 내려가면, 인구 10만 명에 불과한 이 작은 도시의 특별함을 깨달을 수밖에 없다. 이토록 새하얀 봄길을 걸어본 사람은 인생의 정갈함이 무엇인지 안다.

☆

진해 출신이라고 답하면 군함을 타본 적이 있느냐고 되묻는 사람이 많다. 탑산에 올라가면 부두에 정박한 군함들이 보이긴 하지만, 군항제 기간이 아니고는 승함할 기회를 얻긴 어렵다.

군항제가 시작되면, 해군사관학교와 작전사령부 영내로 관광객이 버스를 타고 들어갈 수 있다. 헌병이 엄격하게 통제하던 출입문도 이때만큼은 활짝 열린다. 중학교를 졸업할 때까지 예닐곱 번은 군항제에 맞춰 영내에 들어갔던 것 같다.

먼저 하얀 군복이 눈을 사로잡는다. 수병부터 하사관과 장교에 이르기까지, 안내를 맡은 군인들 복장은 새하얀 정복이다. 말 그대로 티 한 점 없이 새하얀 옷을 입고 하얀 벚꽃 아래 동상처럼 서 있는 것이다. 그렇게 바지와 어깨 주름이 선명한 정복을 입기 위해선 군항제 며칠 전부터 점검에 점검을 거듭 받아야 한다는 것을 그때는 몰랐다.

영내는 예상보다 한적했다. 관광객이 몰린 벚꽃 흐드러진 도로는 시끄러웠지만, 외지인들을 제외하고 나면 군인들 숫자는 의외로 적었다. 수병들이 총을 들고 행진하거나 크고 작은 포에 배치를 붙거나 군함의 갑판에서 군가를 부르리라 상상했던 것이다. 그러나 영내를 돌아다니는 군인은 눈을 씻고 찾아도 발견하기 어려웠다. 관광객과 불필요한 접촉을 피하기 위해, 안내에 필요한 최소 병력을 제외하곤 모두 더 깊숙한 곳으로 근무처를 옮긴다는 것을 그때는 몰랐다.

그다음으로 기억에 남는 장면은 역시 군함에 올라 여기저기를 구경한 시간이었다. 부두에 많은 군함이 정박해 있지만, 관광객을 위해 승함이 허락된 군함은 한두 척이 전부였다. 그 배에서도 안내를 맡은 수병과 하사관과 장교를 제외하곤 병사들과 만나거나 이야기 나눌 기회는 없었다.

어차피 축제란 주최하는 이들이 보여주고 싶은 것만 보여주는 시간이 아닐까. 군항제를 통해 드러나는 진해는 이 도시가 지닌 매력의 10분의 1에도 미치지 못한다. 그러나 봄꽃을 즐기는 관광객에게 필요한 진해의 이미지는 이 정도로도 충분한 것이다. 봄날 남해의 작은 도시에서 하얀 벚꽃도 구경하고 해군 영내도 돌아보는 딱 그만큼!

해군의 참모습은, 학사장교 89기로 입대하여 해군사관학교 교수부에서 근무한 후에야 비로소 맛볼 수 있었다. 군항제 때 공개하는 영내 모습이 물론 거짓은 아니지만, 그보다도 훨씬 고되고 뜨겁고 진하고 벅찬 순간들이 해군 가족의 삶에 담겨 있다. 언젠가는 꼭 그것들을 소설로 옮기고 싶다.

☆

엄마가 물었다.

"군항제에 관한 소설을 써둔 건 없니?"

"없어요. 세 군데 로터리에 관한 스케치는 있는데, 그것들 배경이 봄날이긴 합니다."

"왜 하필 로터리야?"

"진해 사람들에겐 로터리가 너무나도 익숙하지만, 외지인들은 이 작은 시내에 로터리가 왜 세 개씩이나 있냐고 신기해한답니다."

"넌 외지인이 아니잖아?"

"어렸을 땐 몰랐는데, 군복무를 위해 다시 돌아와서 보니, 로터리들이 참 남다르게 보이더라고요. 북원에서 중원을 거쳐 남원으로 가거나, 남원에서 중원을 거쳐 북원으로 자주 산책했습니다. 로터리가 나오면 그 원 안으로 들어가기도 하고, 근처 벤치에 앉아 한참 쳐다보기도 했어요. 그러다보니 스케치 몇 개가 나오더군요."

"스케치? 그림을 그린 건 아닐 테고."

"이야기를 짜기 전 구상 단계라고 보시면 돼요."

"듣고 싶구나."

"스케치를 공개한 적은 없습니다. 워낙 날것이고, 쓰다가 만 미완성이 대부분이라서요."

"인생이 다 그렇게 날것이고 미완성이지. 엄마는 예외로 둬다오."

그래서 나는 엄마에게 로터리에 관한 세 개의 스케치를 들려줬다. 셋 중 하나는 소설로 당장 키워 발표하라고 했고, 하나는 수정을 많이 하면 소설이 될 법도 하다고 했고, 하나는 내 약력에 결코 들어가선 안 되는 이야기니 당장 지워버리라고 했다. 엄마의 의견을, 물론 나는 따르지 않을 것이다. 내가 상상한 이야기 세 가지는 다음과 같다.

☆

　북원로터리에 해질 무렵 닿으면, 충무공 동상의 뒷모습을 쳐다보며 길가에 선 노파를 종종 만날 수 있다. 여름에도 가을에도 겨울에도, 나는 노파를 보았지만 그냥 지나쳤다. 군항제가 시작되고 벚꽃이 만개할 때, 붐비는 인파 속에서 나는 또 그 노파를 발견했다. 이번에는 스쳐가지 않고 다가가 나란히 섰다.

　"왜 항상 여기 서 계세요?"

　노파는 대답 대신 내 얼굴을 올려다봤다.

　"군복무는 어디서 했어? 해군?"

　진해에선 해군으로 복무했느냐고 우선 묻는다. 아니라고 하면 그다음엔 육군이든 공군이든 상관없다.

　"사관학교에서 생도들을 가르쳤습니다. 중위로 제대했고요. 1995년 가을 학기부터 1998년 봄 학기까지."

　노파가 갑자기 내 손을 꼭 쥐었다. 눈물이 그렁그렁했다.

　"하나만 물어봐도 돼?"

　"네."

　"군함을 타고 바다로 나간 사람을 기다릴 땐 이렇게 충무공 동상을 뒤에서 쳐다봐야 한다던데…… 사관학교에서도 그렇게 가르쳐?"

　처음 듣는 이야기였다. 해군도 결국 뱃사람이고, 뱃사람 사이에선 무사 귀환을 위한 숱한 징크스가 있는 법이다.

　"가르치진 않지만…… 들은 적은 있습니다."

대화를 이어가기 위해 하얀 거짓말을 섞었다. 노파가 고개를 끄덕였고, 그 바람에 두 눈에 맺힌 눈물이 동시에 볼을 타고 흘렀다.

"누굴 기다리시는데요?"

"막냇손자라우. 해군에 입대했지. 할아버지가 해군 중령으로 예편했어. 걔 아버진 상사 계급장까지 달았고. 손자가 셋인데 큰아이는 해군 소령이고 둘째는 해병대 중사야. 그러니 막내도 해군에 입대할밖에. 육상 근무를 주로 할 줄 알았는데, 군함을 타게 되었대. 꽤 먼 바다까지 돌아본다고 나갔는데, 아직 돌아오지 않네."

불길했다. 내가 이 자리에 서 있는 노파를 처음 본 것만 따져도 지난여름이다. 작년 여름부터 올봄까지, 막냇손자는 집에 오지 않은 것이다. 아무리 먼 곳까지 출동을 나가도, 1년이나 걸리는 경우는 거의 없다.

"언제 막내 손주님이 바다로 나갔습니까?"

노파가 즉답을 못한 채 나를 노려봤다. 그러고는 미간을 한껏 찡그리며 이별의 순간을 기억해내려는 듯했다. 윗입술과 아랫입술을 겨우 뗐지만 숫자를 말하지 못했다. 어지러운 듯 비틀거렸다. 노파의 어깨를 붙잡고 물었다.

"괜찮으세요?"

"응. 나 그만 쉬어야겠어."

노파가 어깨를 잡은 내 손등을 가볍게 토닥거린 뒤 돌아섰다. 노파가 들어간 대문 옆 슈퍼에 들러 생수를 한 병 샀다. 만 원 지폐를 내고 거스름돈을 받으며, 쉰 살을 훌쩍 넘긴 듯한 주인 여자에게 물었다.

엄마의 골목

"이 집에 사시는 할머니 막냇손자가 언제 마지막 출동을 나간 겁니까?"

주인 여자는 의심스러운 눈으로 나를 쳐다보며 되물었다.

"막냇손자라뇨?"

"할머니가 막냇손자 기다리신다고, 매일 충무공 동상 뒷모습을 쳐다보며 서 계시는 거라던데요?"

"이모가 또 헛소릴 하셨나보네. 그 할머니가 제 작은 이모예요. 이모부가 한국전쟁 때 해군 소위로 참전했다가 행방불명된 후론 혼자세요. 평생을 수절하셨으니 아들도 없는데 손자가 있을 리 만무하죠."

"그런데 왜 저 자리에 저렇게 서 계신 건가요?"

"그 속을 누가 알겠어요? 행방불명된 이모부를 기다리시냐고 몇 번을 물었지만, 그건 또 아니래요. 나한텐 누굴 기다리는지 답하지 않지만, 손님처럼 처음 보는 사람에겐 그때그때 둘러대긴 하나보더라고요. 한데 그게 다 거짓말이에요. 지난번엔 장손이었는데, 오늘은 막냇손자군요. 제가 대신 사과드릴게요. 넓은 맘으로 이해하세요."

다음해에도 군항제는 시작되었고, 나는 같은 자리에 서 있는 노파를 발견했다. 이번엔 조금 가벼운 마음으로 곁에 나란히 서선 물었다.

"왜 항상 여기 서 계세요?"

노파가 허리를 펴고 고개를 들어 나를 올려다봤다. 그러곤 물었다.

"군복무는 어디서 했어? 해군?"

✿

　중원로터리로 정복을 입고 나갔다. 일요일에는 정복은 고사하고 근무복도 입지 않지만, 군항제를 구경하러 서울에서 친구들이 온다고 하니, 멋을 내본 것이다. 바지 주름을 스스로 잡진 못해, 사흘 전 세탁소에 맡기기까지 했다. 내려오겠다는 대학 동기는 모두 셋이다. 둘은 서울에서 나고 자란 탓에 경상남도에 발을 딛는 것 자체가 처음이라고 했고, 나머지 하나는 제주에서 고등학교까지 졸업하고 대학을 서울로 가서 진해가 낯설긴 마찬가지였다.

　낮 2시에 중원로터리 우체국 앞에서 만나기로 했다. 나는 바지에 주름이라도 질까 싶어, 벤치에 자리가 나도 사관생도처럼 서서 기다렸다. 2시가 지나고 3시가 넘어도 녀석들은 오지 않았다. 휴대폰도 없고 삐삐도 드문 시절이었다. 오후 4시를 넘기자, 나는 녀석들이 어쩌면 오늘 오지 못하거나 오더라도 밤늦게나 도착하리란 예감이 들었다. 학창 시절을 돌이켜보자면, 셋 다 준비성이 없고, 닥치면 그때야 일을 시작하는 스타일이었다. 일주일 전에 전화로 오늘 약속을 정했지만, 녀석들이 기차표나 버스표를 예매했는지는 확인하지 않았다. 평소처럼 느긋하게 역이나 터미널로 나갔다면, 십중팔구 2시까지 진해에 도착할 표를 구할 수 없다.

　"저기요."

　등뒤에서 가늘고 작은 목소리가 겨우 내 귀에 닿았다. 돌아섰다. 청색 원피스에 붉은 구두로 한껏 멋을 낸 숙녀였다.

　"여기, 극장이 어딘가요?"

　　　　　　　　　　　　　엄마의 골목

"해양극장 말씀입니까, 중앙극장 말씀입니까?"

그녀는 입술을 모아 토끼처럼 내밀었다가 집어넣곤 되물었다.

"둘 중 어느 곳이 더 오래되었나요?"

"해양극장입니다."

"그럼, 해양극장으로 할게요."

해양극장으로 한다? 대답이 이상했지만 캐묻진 않았다.

"따르세요."

일요일 벚꽃놀이 인파를 피해 걷기란 쉬운 일이 아니다. 더구나 정복에 중위 계급장까지 달았으니, 하사관과 수병들 경례까지 받아줘야 할 형편이었다. 정복 입은 해군을 처음 보는, 약속을 어기고 오지 않은 세 친구들과 비슷한 관광객들은 갑자기 내 앞을 막아서며 이것저것 질문을 던지기도 했다. 왜 군복이 흰색이냐는 둥 견장 계급장을 식별하기 어렵다는 둥 못하는 질문이 없었다. 한두 마디라도 대답하려니, 시간이 자꾸 흘러갔다. 뒤따르는 그녀에게 예의를 갖춰 물었다.

"혹시 해양극장에서 기다리는 분이라도 있습니까?"

"없어요."

짧은 답이 더 귀에 거슬렸다.

"그럼 왜 해양극장을 찾으세요?"

그녀가 별걸 다 묻는다는 듯, 볼에 바람을 넣었다 빼곤 되물었다.

"극장에 영화 보러 가지 뭘 하러 가겠어요?"

"그러니까 그 말은, 영화를 보러 해양극장에 가는 거다…… 혼자서?"

그녀는 고개를 딱 한 번 끄덕였다. 나는 다시 물었다.

"무슨 영화를 하는 줄은 아십니까?"

"몰라요. 마산고속버스터미널 앞 정류장에서 진해 가는 버스를 탔고, 그 버스가 중원로터리에 서자마자, 운전기사님이 큰 소리로 외치셨어요. '군항제 구경 오신 분들은 여기서 전부 내리세요.' 사투리를 심하게 쓰시긴 했는데, 제 식대로 풀이하자면 이런 뜻이었어요. 그래서 내렸고, 그다음에 오래된 우체국부터 구경하란 이야기가 생각나서 갔다가, 중위님을 만난 거에요."

"일행은 없다?"

고개 끄덕.

"진해는 초행?"

다시 끄덕.

"그런데 왜 영화관부터 묻는 거죠?"

"이상한가요, 그게?"

"당연히 이상합니다. 자, 주위를 둘러보세요."

그녀가 팽이처럼 제자리에서 360도를 돌았다.

"둘러봤어요."

"벚꽃 만발한 봄날에 군항제를 구경하러 진해에 오신 거 아닙니까? 그럼 당연히 중원로터리를 중심으로 진해의 옛 도심을 구경하셔야지요. 진해시 전체를 내려다보고 싶으면 탑산에 올라도 좋고요. 해군에 관심이 있으면, 해군사관학교나 작전사로 들어가는 버스에 탑승해도 됩니다. 하지만 영화관부터 찾는 관광객은 이상합니다."

"제 오랜 습관이에요. 낯선 도시에 도착하면 영화부터 한 편 봐요. 그러고 나서 영화관을 나와 관광을 시작하죠. 그렇게 한다고 군항제가 끝나는 것도 아니잖아요? 저물 무렵부터 진해 구경을 나서는 사람도 많죠?"

할말이 없었다. 초면에 상대방 습관까지 시비를 거는 것은 지나친 간섭이다. 나는 다시 돌아서서 인파를 헤치며 걸어갔다. 열 걸음마다 한 번씩 멈춰 서서 관광객들 질문에 답했지만, 마침내 해양극장 앞까지 이르렀다.

"여기가 바로 해양극장입니다. 그럼 저는 이만."

돌아서서 왔던 길을 살폈다. 중원로터리까지 가려면 또 많은 질문에 답을 해야 할 것이다. 그래도 그사이 세 친구가 왔을지도 모르니, 서둘러 부지런히 가보리라 맘을 굳혔다.

"저기요."

다시 그 가늘고 작은 목소리가 귀에 닿았다. 돌아섰다.

"또 뭡니까?"

"혹시 바쁘시지 않으면, 저랑 영화 보지 않으실래요?"

"영화를 같이 보자고요? 그것도 습관입니까? 낯선 도시에서 처음 만난 사내와 영화 보는 거?"

그녀가 반색하며 되물었다.

"어떻게 아셨어요? '처음 만난 사내'를 '처음 만난 사람'으로 바꾸면 정답이에요."

"선약이 있습니다."

"그 약속, 깨진 거 아닌가요?"

약속이 깨졌다 해도, 처음 보는 사람에게 그 사실을 지적당하긴 싫었다.

"무슨 소립니까, 그게?"

"많이 피곤해 보였어요. 옷에 주름이 질까 앉지도 못한 채 적어도 두 시간은 서 계셨을 것 같아요. 한 시간 정도는 늦기도 하지만, 두 시간이 지나면 포기하셔야죠. 깨진 겁니다, 그 약속!"

나는 이렇게 남의 속을 들여다보며 꼬집는 여자와 영화 볼 마음이 없었다.

"잘 아시네요. 바지 구겨지니까, 안 됩니다."

"그 바진 약속을 깬 사람들에게 보여주려던 거 아닌가요? 그 사람들이 오질 않는다면, 바지가 구겨지든 말든 상관없다고 여겨지는데요."

이번에도 완벽한 답이다. 내겐 마지막 비수가 있었다. 누구라도 막기 힘든 제일 간단하면서도 확실한 무기였다.

"이 영화 이미 봤습니다. 뛰어난 작품인 건 맞지만……"

그녀가 말허리를 자르며, 예상치 못한 반격을 폈다.

"저도 봤어요."

"네?"

"말씀하신 대로, 뛰어난 작품이니까 한 번 더 봐두는 것도 나쁘진 않죠. 그런 말도 있잖아요? 영화를 두 번 보는 것이 영화를 사랑하는 시작이라고. 저랑 그 사랑을 시작해보시는 건 어때요?"

"……"

말문이 막혔다. 거미줄에 휘감긴 느낌이었다. 그녀가 마지막 급소를 찔러왔다.

"이 영화를 두 번 본 사람과 왔던 길을 되돌아 중원로터리로 가는 기분은 어떨까요? 그 기분을 함께 느껴보고 싶지 않으세요?"

"……그럽시다."

표를 끊고 극장으로 들어섰다. 군항제가 한창인 일요일 오후 4시 반인데도 극장엔 손님들이 꽤 많았다. 어림짐작으로도 쉰 명은 넘어 보였다. 자유석이므로, 나는 즐겨 앉는 뒷줄 제일 구석으로 그녀를 데리고 갔다. 나란히 앉은 뒤 광고가 한창인 화면을 쳐다보았다. 진해시의 명물 마크사 광고가 연이어 나왔다. 그런데 그 화면 앞으로 사내 셋이 뛰어들어 섰다. 세 사람의 그림자가 화면에 그대로 비쳤다. 여기저기서 욕설이 튀어나왔다. 비난의 목소리보다 더 큰 목소리를 셋이 동시에 냈다. 그들은 이름 하나를 힘차게 외쳤는데, 놀랍게도 바로 내 이름이었다. 깜짝 놀라 자리에서 일어섰다. 옆에 앉은 숙녀가 동시에 웃음을 터뜨렸다.

사연인즉 이러했다. 친구 셋은 실연의 아픔을 겪고 입대한 나를 위해 소개팅할 숙녀를 한 사람 수소문해서 구했다. 그녀의 친척이 마침 마산에 살고 있었다. 친구들은 내게 알리지도 않은 채, 그녀와 함께 넷이서 마산행 고속버스를 탔고, 마산고속버스터미널 앞 정류소에서 진해행 시내버스에 탑승한 뒤, 중원로터리에 내렸던 것이다. 멀리서 정복을 입고 기다리는 나를 발견하는 순간, 친구 셋은 독특한 형식의 소개팅을 생각해냈다. 중원로터리에서 해양극장까지 함께 걸으며 나에 대해 알아보는 게 어떻겠느냐는 권유에 숙녀는 첩보 영화의 여주인공처럼 응낙했다. 친구 셋은 그녀가 나를 영화관 안까지 데리고 들어온다면, 저녁 식사는 자신들이 책임지겠다는 제안까지 했다. 그녀는 참을성을 시험하기 위해, 두 시간을 흑백다방 쪽에 숨어 지켜보다가, 그래도 내가 자리를 지키자 다가왔던 것이다.

결국 친구들은 저녁과 함께 술과 안주까지 샀다. 그들은 그 돈을 전혀 아까워하지 않았다. 그녀가 나를 감언이설로 속여 영화관까지 데리고 들어올 정도라면, 내게 호감이 있다는 뜻이니까. 고마운 중원로터리의 우정이었다.

☆

남원로터리, 지금은 김구 선생 친필이 새겨진 비석이 서 있는 자리에 손원일 제독이 앉아 쉬었던 적이 있다. 벚꽃 피던 봄이라고 한다. 미군정 때 해안 경비를 담당한 해방병단이 대한민국 정부 수립과 함께 해군으로 편입되기 전의 일이다. 손제독과 대화를 나눈 이가 누구였는가는 의견이 분분하다. 중국에서 독립군을 이끌던 간부 대부분이 한 번쯤은 손제독의 대화 상대로 등장했다. 손제독은 이승을 떠날 때까지 그의 이

　　　　　　　　　　　　엄마의 골목

름과 직분을 밝히지 않았다. 두 사람의 대화는 늦은 저녁부터 다음날 아침까지 이어졌다. 그중에서 해군들이 오랫동안 반복해서 강조하는 대목은 다음과 같다.

"육군으로 충분하지 않겠습니까? 해안경비대 정도의 규모라면 내가 특별히 신경을 더 쓰겠소. 하지만 해군까지 갖출 형편은 못 됩니다."

손제독이 받았다.

"정유재란 때 똑같은 경우가 있었지요. 삼도수군통제사로 복귀한 이충무공께 바로 그 물음을 선조 임금이 던졌습니다. 칠천량에서 조선 수군이 괴멸하여 남은 배가 얼마 없으니, 차라리 수군을 없애고 육군으로 귀속시키는 편이 낫지 않겠느냐는 것이죠. 그때 이충무공이 선조 임금의 어리석은 뜻에 따랐다면, 명량의 큰 승리는 없었을 겁니다."

"그땐 그래도 열두 척의 배가 있지 않았습니까? 우린 실전에 투입할 변변한 군함도 한 척 없습니다. 군함이 얼마나 비싼지는 나보다 더 잘 아시리라고 봅니다."

"그 사실을 제가 부정하진 않습니다. 하지만 낙담해서는 안 됩니다. 자주 국방의 기본은 대한민국을 둘러싼 남해와 동해와 서해를 우리 힘으로 지키는 겁니다. 그러기 위해선 해군을 창설해야 하고, 해전을 치를 군함을 사들여야 합니다."

"그래도 어렵다면?"

"허락할 때까지, 해방병단을 이끌며 조국의 바다를 지킬 겁니다."

여기서부터 의견이 갈린다. 손제독의 설득에 감명을 받은 상대가 곧

바로 해군 창설에 동의했다는 이야기가 대다수의 해군이 들은 것이다. 그러나 내가 들은 이야긴 마무리가 조금 독특하다. 손제독이 대화를 나눈 후 일주일이 넘도록 계속 남원로터리를 빙빙 돌았다는 것이다. 말 한 마디 하지 않고 물 한 모금 먹지 않고 잠 한숨 자지 않고 계속 로터리만 맴돌았는데, 일주일 후 서울에서 전보가 왔고, 손제독은 그 전보를 확인한 다음에야 지프차를 타고 남원로터리를 떠났다고 한다. 손제독이 남원로터리를 일주일 꼬박 돈 이유와 그렇게 돌면서 손제독이 빠져든 고민은 밝혀진 것이 없다.

손제독의 전기를 쓴 작가나 연구자들에 따르면, 손제독이 남원로터리를 일주일은 고사하고 한 시간이라도 돌았다는 문헌이나 목격자 증언은 없다고 한다. 그러나 내게 그 이야기를 들려준 95세의 노병은 손제독을 따라 해방병단에서부터 해군 창설과 한국전쟁 참전까지 함께했다고 회상했다. 손제독이 남원로터리를 일주일 동안 돈 사실을 자신이 증언하거나 기록하지 않은 것은 손제독의 명령 때문이라고 했다. 그 일에 대해 어떠한 흔적도 남기지 말라는 엄명을 받았으며, 군인은 명령에 살고 명령에 죽는 법이라고. 그렇다면 왜 95세가 된 지금 내게 그 일을 털어놓느냐고 물었다. 노병은 내 손을 꼭 쥐곤 유언처럼 답했다.

"충무공 이순신 장군 일대기를 쓴 소설가라고 들었소이다. 손원일 제독의 일대기도 소설로 꼭 써주시오. 거기엔 남원로터리에서 손제독이 한 말과 행동에 대한 이야기도 들어가야 합니다. 그래서 다 밝힌 겁니다. 이야기하고 나니, 시원합니다. 이제 죽을 수 있겠소."

다음날 아침, 노병은 이승에서 저승으로 바다를 건너갔다.

☆

입이 쩍 벌어지는 아름다운 풍경을 만나면 죽음부터 떠올리는 고약한 습관이 생겼다. 20년 가까이 군함을 타다가 전역한 박중령은 깔끔하고 따뜻한 사람이었다. 얼굴엔 은근한 미소가 떠나지 않았고, 세계의 항구들을, 오래 머물다가 갓 돌아온 사람처럼 생생하게 설명하는 재주를 지녔다. 그와 함께라면, 어떤 항구에서든 가장 아름다운 풍경을 즐길 수 있었다. 대한민국에서 가보지 않은 항구는 없다는 말이 과장은 아닌 듯했다. 항구 수집가. 그는 내가 붙인 별명을 마음에 들어 했다. 그 제목으로 책을 내고 싶다고 했는데 아직 소식이 없다. 그런 박중령도 아름다운 밤바다를 바라보다가, 살짝 이마에 주름을 잡곤 했다. 주름을 네 번 봤을 때, 우울의 이유를 물었다.

"너무 아름다워서 그럽니다."

"납득하기 힘들군요."

박중령은 나와 잠깐 눈을 맞춘 다음, 다시 바다를 향해 고개를 돌렸다.

"이런 날엔 유독 인명 사고가 많이 일어나죠. 그 이유를 아십니까?"

"인명 사고라고 하면?"

"바다에서 인명 사고가 무엇이겠습니까? 갑자기 실종되는 것이지요.

넓은 바다 한가운데서 말입니다. 군함에서만 그런 사고가 일어나는 건 아니더군요. 해양대학을 나와 20년 배를 탄 고향 친구에게 물었더니 똑같은 얘길 하는 겁니다. 그 친구는 원양어선에서 외국 선원들과도 꽤 많이 일을 했다는군요. 한데 참 아름다운 날이구나, 하는 생각이 드는 날, 선원들이 실종되곤 했답니다. 저도 처음엔 사건 하나하나마다 이유를 따졌죠. 사고가 일어날 수밖에 없는 필연적인 이유를 찾아 헤맨 겁니다. 그런데 파면 팔수록 그런 필연이 없는 경우가 훨씬 많더군요. 유서도 없고, 가족이나 친구들에게 죽음의 징후를 남긴 적도 없고, 배에서 전우들과의 관계도 원만했고, 한마디로 깨끗했습니다. 죽음의 흉기는 단 하나뿐이더군요. 바로 저 아름다움! 끝 모를 아름다움이 그 사람의 영혼을 거둬들인 겁니다. 아, 지금 이 순간 죽어도 좋아! 라는 기분이 들 때가 작가님도 있으셨지요? 보통은 생각에 그치지만, 생각을 행동으로 옮길 만큼 무시무시하게 아름다운 날도 있는 겁니다. 그래서 바다가 아름답다 싶으면, 저는 장병들을 혹독하게 다뤘습니다. 아름다움에 눈 돌릴 틈을 주지 않으려고, 갑판에 올라오는 것도 막았죠. 이제 저도 제대를 했으니 결벽에서 풀려날 법도 합니다. 그런데 맘대로 잘 되지 않는군요. 이 밤처럼 아름다우면, 가까운 곳에서 누가 또 죽음을 결행하지나 않을까 걱정이 됩니다. 그렇게 사라진 이들의 얼굴이 이마에 박히듯 떠올라요. 그래서 저도 모르게 주름을 짓나봅니다. 미안합니다. 앞으론 주의하겠습니다."

엄마의 골목

✿

　바흐의 무반주 첼로 모음곡을 들으며, 20년 아침 집필을 이어왔다. 클래식에 정통한 작가들도 많지만 내겐 평생 이 곡이면 충분하다 여겼다. 『거짓말이다』를 쓸 때는 첼로 대신 빗소리를 택했다. 선율조차도 문장을 만들 때 부담스러웠던 걸까. 유튜브를 살피다가 백색소음 중에서 빗소리만 두 시간 남짓 모아놓은 걸 발견했다. 그걸 두 번 반복해서 들으며 소설을 썼다. 맹골수도 근처 바다로 떨어지는 빗줄기들, 동거차도와 서거차도의 바위들을 두들기는 빗줄기들, 팽목항 등대 곁에서 하염없이 바다를 바라보고 선 이들의 어깨를 때리는 빗줄기들, 그들을 상상하며 소리를 문장으로 옮기는 내 목덜미를 흔드는 빗줄기들. 오전 네 시간을 쓰고 나면, 온몸이 흠뻑 젖는 기분이 들었다. 점심 식사를 하러 가기 전에 샤워부터 했다. 아무리 씻어도 몸에서 갯비린내가 났다.

✿

　점심 무렵 엄마가 전화로 물었다.

　"이번엔 또 어느 골목을 쓰고 있니?"

　"골목은 아니고……"

　"길 없는 길이기라도 해?"

　"거의, 비슷해요."

"힘들겠네."

엄마는 내가 힘들겠단 이야기다.

"맞아요. 무척!"

나는 내 소설 속 주인공이 힘들겠단 이야기다.

"알겠다."

엄마는 말을 더 보태지 않고 전화를 끊었다. 내가 소설을 쓰기 시작하면, 엄마는 나를 내버려뒀다. 내버려둬도 자기 일은 스스로 잘하는 녀석이라는 게 나에 대한 엄마의 한결같은 평가였다. 나는 엄마의 그 한결같은 믿음을 증명하기 위해서라도, 잘해야 했다.

그런데 때론 잘한다는 게 무엇인지 흐릿해질 때도 있었다. 엄마에게 묻고 싶었지만, 참았다. 다른 사람에겐 묻더라도 엄마에게만은 물어서안 되는 것이다. 그게 우리 사이의 벽이라면 벽이고 길이라면 길이다.

✿

꿈에 죽은 남편이 나타나면, 엄마는 꼭 내게 전화를 걸었다. 확신하며내 아버지의 나이부터 이야기했다.

"열일곱 살 겨울이었어……"

"스물다섯 살 어린이날이었지…….."

"서른네 살 추석인데 말이야……"

묻지 않을 수 없었다.

"딱 그 나이란 걸 어떻게 아세요? 아버지가 꿈에 등장하면서 나이부터 이야기하던가요? 아니면 나이를 적은 명찰을 가슴에라도 달았던가요?"

엄마가 주저하지 않고 답했다.

"그 사람이 바로 그 사람이듯, 그 나이가 바로 그 나이인 게야. 다른 사람이 아니듯 다른 나이가 아니라고. 너무 명확해서 설명이 필요 없지. 바로 알아. 이 남자가 내 남편이고 이 남자의 나이가 이것이란 걸. 넌 그렇지 않아?"

내 꿈엔 아버지가 찾아오지 않았다. 나이를 고민할 기회도 없었다.

☆

7월 15일.

『거짓말이다』를 탈고하고, 이른 아침 진해로 내려갔다.

엄마에게 교사로 근무했던 학교들을 찾아가보자고, 내려오기 전에 전화로 권했다. 엄마는 모두 다 돌아볼 필요는 없고, 한 군데는 꼭 가보고 싶다고 답했다. 가덕도 천가국민학교였다.

53년 전, 엄마는 천가국민학교 교사로 부임하였다. 1963년, 스물두 살의 앳된 처녀 교사. 진해 용원부두에서 나룻배를 타고 가덕도 눌차를 거쳐 학교까지 가는 길은 좁고 거칠고 싱그럽고 짭조름했다고 한다.

"섬에서 지내는 거잖아요. 두렵진 않았어요?"

"두려울 게 뭐니? 대학에 진학했다면 서울로 갔을 거야. 서울이란 대도시는 괜찮고 가덕도란 섬은 두렵고? 그건 이상한 생각이지."

예전에는 진해에 속했지만 지금은 부산 강서구 가덕도동으로 주소가 바뀐 천가초등학교로 들어섰다. '최영덕 교장선생님 공덕비'가 먼저 눈에 띄었다. 엄마가 눈물을 글썽이며 손바닥으로 비석을 쓰다듬었다. 54년 전 봄날, 환하게 웃으며 신임 여교사를 맞아주셨다는 것이다.

"가르친 학생들도 나이를 많이 먹었겠어요?"

"가자마자 1학년 담임을 했으니, 환갑을 훌쩍 넘겼겠네."

"가장 생각나는 게 뭔가요?"

"부스럼 약 바르던 거."

"부스럼이라고요?"

"학생들 몸 여기저기가 온통 부스럼이었어. 고아원에 전쟁고아들이 많이 있기도 했고. 등교하면 아이들 옷 벗겨가며 부스럼 약을 발랐어. 이 잡는다고 디디티 가루도 머리에 뿌리고. 매일 약부터 바른 후 수업을 시작했단다. 애들은 도망가고 난 잡으러가고. 어쨌든 악착같이 붙잡아서 다 발랐지. 그랬어, 그게 제일 기억나네. 그리고 함께 밥 지어 먹던 것."

"밥을 지어 먹었어요?"

"학교를 마쳐도 아이들이 집으로 가질 않는 거야. 가봤자 먹을 것도 없고, 부모들이 이런저런 일만 시키니까 그냥 학교에 있는 거지. 그때 나는 학교 안 사택에서 숙식을 해결했거든. 저녁을 먹어야 하는데 애들이 운동장이나 교실 주변에서 놀고 있더라고. 솥단지를 하나 구해왔지. 아이들 서른 명 정도는 한꺼번에 먹일 만큼 아주 큰 무쇠솥이었어. 솥 가득 밥을 지어 아이들과 배불리 먹었지. 반찬이라고 해봤자 김치가 전부인데도, 아이들은 눈 깜짝할 사이에 밥 한두 공기를 비우곤 했어. 그다음엔 바닷가로 나가서 함께 놀았지."

"뭘 하며 놀았어요?"

엄마가 한심하다는 듯 쳐다봤다.

"뭐든 하며 놀았어. 몇 가지 익숙한 놀이가 있긴 했지만 꼭 그것만 한 건 아냐. 아이 중 누군가가 새로운 놀이를 제안하고 그게 재미있어 보이면 아이들 모두 달려드는 식이었으니까. 매일 놀이가 바뀌었어. 아이들과 달리고 웃다보면 금방 해가 지고 밤이 찾아들었지."

"힘든 점은 없으셨어요?"

엄마는 즉답 대신 내 어깨를 툭 쳤다.

"연애를 묻는 거냐?"

"그럼, 뭐겠어요?"

아버지는 그때 상경하여 한양대 광산학과를 다니고 있었다. 왜 하필 광산학과였는지를 아버지가 살아 계실 땐 묻지 못했다. 나중에 당신의 대학 동기들을 뵈었을 때 비로소 답을 얻었다. 그 당시엔 광산학과를 나오면 바로바로 취직이 되었다고 했다. 석유보다는 석탄이 산업의 중심이던 시절이었다.

"편지를 주로 했지."

"혹시……"

"남아 있는 거라도 있느냐고 묻는 거냐?"

고개를 끄덕였다.

"없다. 다 없앴지."

앨범을 정리할 때 그랬냐고 다시 묻진 않았다. 평생 그리워하면서, 그리움의 매개가 될 만한 것들을 왜 없애는 걸까. 엄마는 제법 긴 이야기 한 토막을, 속천으로 자리를 옮겨 '가고 싶은 카페'에서 파스타를 먹을 때 들려줬다.

"길이 한번 엇갈리긴 했어. 토요일 오후였지. 나는 배를 타고 진해로 나오고, 네 아버진 새벽에 서울을 떠나 진해로 와서 배를 타고 가덕도로 들어갔던 거야. 내 기억이 옳다면, 내가 섬에 머물 날짜를 네 아버지가 착각한 거야. 하여튼 나는 집에 와서 좀 쉬다가 저녁에 네 할머니 가게로 갔어. 가방과 옷을 파는 가게였지. 할머니께 인사를 드렸더니, 같이 영화를 보러 가자고 하셨어. 가덕도에 있으면 다 좋은데 영화를 못 보는 게 아쉬웠어. 그래서 같이 영화 구경을 했지. 사랑 이야기였어. 마치고 나오는데, 갑자기 누군가 내 등을 손바닥으로 힘껏 때렸어. 돌아봤더니, 네 아버지였어."

"심심한데요."

"몰랐어? 네 아버진 그렇게 심심한 사람이야."

"심심한 남자가 왜 그렇게 좋았어요?"

"내가? 네 아버지가 날 좋아한 거야."

"엄마도 좋아했으니, 고교 시절부터 연애해서, 아버지가 ROTC 3기로 전방 근무 마칠 때까지 기다려 결혼하신 거잖아요?"

엄마가 붉게 물든 하늘을 올려다보며 답했다.

"꼭 말해야 하는 순간에 말을 아끼더라고. 평안도 영변에서 경상도 진해까지 피란을 다니며 자연스럽게 생긴 습관인지. 살아남으려면 말을 아껴야 한다는 걸 깨달은 소년! 답답한 구석도 있었지만, 나중엔 그 사람이 하는 말에 귀를 기울이게 되었어. 그렇게 아끼고 아끼다가 건네는 짧고 버벅대는 말의 무게는 다른 남자들의 길고 화려한 말보다 열 배는 더 나았지. 그랬어."

☆

사진기를 들면 엄마는 등부터 돌렸다.

"찍지 마."

"지금 이 골목이랑 딱 어울리세요."

"이젠 사진 속에 내 얼굴을 남기고 싶지 않구나."

"아직 젊으세요."

"인정할 건 인정해야 해. 젊음은 내게 어울리는 단어가 아니란다. 저 골목에 서 있는 아이들을 보고 늙음을 상상하기 어렵듯이."

"그럼 왜 젊은 날 사진들은 다 없애셨어요?"

"……젊든 늙든, 결국 다 사라질 테니까."

☆

그래도 나는 엄마를 향해 사진기를 들었다. 지금 이 골목을 함께 거닌 뒷모습이라도 담아두고 싶었다.

☆

엄마의 나이가 젊어지면 내 나이는 어려진다. 엄마의 나이가 어려지면 나는 이 세상에 없다.

☆

아버지의 침묵에 관해 단편소설을 쓴 적이 있다. 제목은 「언제나 영화처럼」이다. 당신은 말을 아끼고 아끼고 아끼고 아끼다가 내가 고2 때 죽어버렸다. 그래서 나는 어른 남자로 사는 법을 단 한 문장도 듣지 못했다.

어느새 나도 글로만 이야길 한다는 평가를 받고 있다. 이제야 아버지의 침묵을 조심스럽게 짐작한다. 언제 말을 건네지? 처참한 일상에서 말이 서툰 소년은 차라리 외롭게 기다리고 기다리고 기다렸던 것이다. 침묵은 기다리며 견디는 것, 되새기는 것의 다른 표정이다.

☆

 "네 할머니는 아주 활달한 분이셨어. 진해로 온 후 6년쯤 지났을 때, 할아버지가 돌아가셨단다. 할머니 혼자 4형제를 키워야 했지. 시장에서 가방과 옷을 팔며 악착같이 생활을 꾸리셨어.

 내가 임신한 후 널 낳으려고 진해로 내려왔지. 그때 네 아버진 도루코 면도기 회사에 다녔고, 영등포 달동네에 신혼살림을 차렸어. 두 달 남짓 내가 진해에서 너를 낳고 산후조리하는 동안, 네 아버지가 친구를 데려와서 같이 지냈나봐. 진해 친구고 나랑 교회도 같이 다녀 안면이 있는 사람이야. 그땐 다 가난했으니까, 친구 집에 얹혀서 몇 달 지내는 건 흠도 아니었어. 그런데 한 달 정도 머물던 그 사람이 네 아버지가 출근한 틈에 신혼집을 털어서 나가버린 거야. 나중에 알았는데, 훔친 물건들을 팔아 서울에서 술 마시고 놀았다는구나.

 어느 날 네 할머니가 내게 잠깐 가게를 봐달라고 하셨어. 그러곤 반나절 어디론가 나갔다 돌아오셨지. 어디 갔다 오셨느냐고 여쭸더니, 신혼집을 털어간 그 사람 부모 집에 갔다 왔다고 하셨어. 그런데 집을 턴 그

아버지 친구가 천연덕스럽게 진해로 돌아와 집에 있더라는 거야. 그래서 경찰을 불러 그 사람을 파출소에 넣고 오는 길이라고 하셨어. 난 가슴이 쿵쿵 뛰었는데, 네 할머니는 또 웃으며 손님들을 맞으시더라고. 난리통에 겪은 일에 비하면 이 정도는 아무것도 아니라고도 하셨어.

네 아버진 그래도 친구라고 파출소에 가서 선처해달라 했고, 결국 감옥엔 가지 않고 석방되었지. 신혼집을 털어간 돈은 그 친구 부모가 돌려줬고. 하여간 네 아버진 친구를 너무 좋아했단다. 남자들이란 참!"

☆

"네 아버지 친구들 중에 가장 황당한 사람 이야기해줄까? 우리가 창원에 살 때였어. 아버지 친구가 군복 차림으로 만삭의 여인을 데리고 새벽에 들이닥친 거야. 그녀는 전방 군부대 앞 다방에서 일하는 여인인데, 아버지 친구와 사랑에 빠졌고 아기를 가진 게지.

난 동네에 월세방을 하나 얻었어. 오갈 데 없는 듯하고, 우선 무거운 몸을 널 곳이 필요하니까. 그런데 남자들은 철이 없더라고. 네 아버지와 군인인 친구는 회포를 푼다고 한잔하러 나가버렸어. 그런데 그 밤에 곧바로 진통이 시작된 거야. 나 혼자 임산부를 마산의 산부인과로 택시를 불러 데리고 갔어. 그리고 아기를 낳았지. 아기가 태어날 때까지도, 남자들은 돌아오지 않았지.

엄마의 골목

그후 군인인 친구는 부대로 돌아갔고, 그녀는 아기와 함께 그 월세방에서 몇 달을 보냈어. 내가 산후조리를 다 봐줬고. 그러다가 군인이 다시 왔고 두 사람은 결혼을 했지. 최근에 들었는데, 그녀는 세상을 떠났대. 아이는 셋이라고 하고. 자식 둘을 더 낳고 살았으니 그럭저럭 행복했겠지. 너 그거 아니? 꼭 한번 다시 만나고 싶은 사람을 기적적으로 만나기도 하고, 영영 못 만나기도 하는 게 인생이란다."

✪

"그즈음 엄마 친구들은 어땠어요?"

"다들 자릴 잡느라 바빴지. 짝을 만나 결혼하고 아기를 갖기 시작하면 서부턴 시간이 휙휙 갔단다. 열 달 임신 후 출산하고 나면, 그 아기가 사람 구실을 할 때까지 4년 정도가 또 가버린단다. 이것만 합쳐도 거의 5년이야. 아기를 둘 혹은 셋 정도 기르고 나면 10년이 금방이더라고. 10여 년 만에 만난 친구에게 그동안 무얼 하며 지냈느냐고 물었을 때, "뭘 하긴, 애 길렀어!"라는 대답이 너무나 자연스럽게 들렸지. 나도 그랬으니까. 그렇게 바삐 사는 동안 친구들에게 폐를 끼치진 않았어. 가끔 만나더라도 등에 업거나 품에 안은 아기들 때문에 곧 헤어져야 했지. 그게 다야. 남자들처럼 사고 치고 다니진 않았어, 적어도 내 친구들은!"

✿

"진해를 떠나고 싶은 적은 없으셨어요?"

가져온 책을 등뒤에 감춘 채 먼저 물었다. 진해역 앞 벤치였다. 지금은 폐쇄된 역사 앞마당엔 유모차를 끌고 나온 새댁뿐이다. 엄마는 역사를 잠시 바라보다가 짧게 답했다.

"없었어."

이어 말했다.

"친구들은 종종 진해역으로 몰래 왔었지. 고향을 영영 떠나겠다며…… 열에 아홉은 실패했어. 진해역을 떠날 생각만 했지, 어디에 내려 어떤 삶을 시작할 준비는 전혀 하지 않았으니까. 한데 그건 왜 묻는 거니?"

나는 대답 대신 가져간 책에서 접어둔 부분을 펼쳐 천천히 읽기 시작했다. 걸어본다 시리즈가 도대체 어떤 것이냐는 물음에 대한 답이기도 했다.

내가 가진 기억 속에서 내 고향의 기차역은 가난했다. 겨울 찬바람이 돌 때 기차역 옆에 자리잡은 국밥집에서는 콩나물과 선지가 가득 든 국물이 끓고 있었다. 끓는 것들의 비린내 속에는 울음이 도사리고 있기도 했다. 찐 달걀을 먹다가 가래가 가득한 기침을 하던 한 노인의 목에는 이루지 못한 삶이 꺼억거리면서 잦아져갔다. 드디어 기차가 도착하고 사람들이 봇짐을 이고 여행 가방을 질질 끌며 기차표를 간수에게 보여

줌과 동시에 역문을 지나갈 때 나는 부러움으로 그들을 바라보았다. 그 가난한 역에서 제일 가난한 사람이 나였다. 그 문을 통과할 수 없었기에 나는 가난하고도 가난했다. 그들이 지나간 역문은 새로운 세계로 들어가는 문이었다. 이윽고 역문이 닫히고 사람들이 기차에 타서 기차선로가 텅 비면 기차는 요란한 소리를 내며 떠나갔다. 기차표를 혼자서 살 수 있는 날은 영영 오지 않을 것 같은 미래였다. 언젠가 내가 기차표를 살 수 있다면 어디로 가는 기차표를 살까? 내가 자란 도시 진주에서 제일로 먼 강원도에 있는 도시 이름을 떠올렸다.

—『너 없이 걸었다』 (허수경, 난다, 2015)

엄마가 물었다.

"진주에서 제일로 먼 강원도에 있는 도시가 어디야?"

"삼척이래요."

"삼척!"

엄마가 다시 물었다.

"넌 마산을 떠나고 싶었어? 마산역으로 나갔던 적 있니?"

"당연히, 있죠."

"어디로 가고 싶었는데?"

마산이 아니기만 하면 어디든 상관없었다고 답하긴 싫었다.

"이스탄불 역까지 가고 싶긴 했습니다. 실크로드 철길을 따라 아시아를 관통하여 유럽의 첫 관문까지."

엄마가 웃으며 고개를 끄덕였다. 그리고 벤치에서 일어나 잠겨 있는 진해 역사로 걸어갔다. 엄마 키가 더 작아 보였다.

☆

진해역에서 행암까지 이어진 철길을 걸었다.

예전에는 기차가 빈번하게 오갔는데, 지금은 군수품을 나르는 기차 외엔 통행이 거의 없다고 했다. 도심을 관통하는 기찻길을 산책한 적은 한 번도 없었다. 그래서일까. 자꾸 발뒤꿈치를 올려 소실점을 찾고, 고개를 돌려 뒤를 살폈다. 엄마는 차분하게 레일 사이를 걸으며 말했다.

"발과 귀가 먼저 알아."

"네?"

"기차가 눈에 띄기 전에 먼저 발바닥을 통해 진동을 느끼고, 그다음엔 경적이 들린단 뜻이지."

"많이 걸으셨어요?"

"고등학교 때, 빵집 갈 돈은 없고, 탑산길은 지겹고 그럴 때."

"위험하진 않았나요?"

"들어갔다 나갔다 하는 재미가 있었지."

"무슨 이야길 하셨어요?"

"기억나는 게 없네. 아니, 이야길 거의 안 했어."

"네?"

"그냥 같이 걷는 게 좋았으니까. 나란히 걷는 것도 아니었어. 주로 네 아버지가 앞서가고 난 뒤따라가고. 그러다가 거리가 가까워지면, 눈 한 번 마주치고, 그럼 또 네 아버지가 앞서가고 난 뒤따라가고."

"그 말을 믿으라고요?"

"믿든 말든, 사실이야."

☆

"어떻게 그 많은 이야기를 품고만 살았어요?"

"하고픈 이야길 다 하고 살아, 그럼?"

"그건 아니지만……"

"나이를 먹는다는 게 뭔지 아니? 일흔 살을 넘기며 늙어간다는 게 뭔지 아느냐고."

"……"

"이야기가 많아진다는 거야. 차곡차곡 이 가슴에 쌓이지. 그렇다고 그걸 전부 누군가에게 말해야겠단 생각은 안 들어. 다만 이야기할 기회가 가끔 찾아오는 것에 감사할 따름이야. 네가 와서 이렇게 함께 걸으니, 네게 이런저런 이야길 하는 것이고. 어젠 마산 집 바로 옆집에서 모터 가게를 하던 내외를 우연히 경화시장에서 만났어. 다방에서 차를 마시며 한 시간 정도 이야길 주고받았지. 그렇게 누군가를 만나면 그 사람과 나눈 이야기가 떠올라. 그럼 이야길 하는 거고, 그렇지 않으면 안 하는 거고."

"제게 할 이야기가 얼마나 더 남았어요?"

"내가 죽는 날까진 네게 들려줄 이야기가 마르지 않을 거야. 이렇게 마주앉으면, 이야기가 흘러나와. 내가 전혀 챙겨두지 않았던 이야기들이 술술 나온다니까. 신기한 일이야, 정말!"

☆

이 책에 담긴 모든 문장의 주어는 엄마다. 어떤 이는 이 글이 기행문이 되기엔 부적합하다고 할 것이고, 어떤 이는 소설로 삼기에도 어울리지 않는다고 할 것이다. 자전소설쯤으로 타협을 보려 할까. 어떻게 불리더라도 모든 문장이 엄마를 중심에 두고 만들어졌다는 것만은 변하지 않는다. 엄마가 겪은 사실도 엄마를 이루고, 엄마가 들려준 이야기도 엄마를 이루고, 엄마가 상상한 것들도 엄마를 이루고, 엄마가 느낀 것들도 엄마를 이룬다. 그 전부가 엄마다.

✿

　내 생애 딱 한 번 엄마에 관한 책을 쓰고 있다. 너무 이른가. 이 책을 낸
후 엄마의 남은 나날은 어쩌지? 이런 상상을 해본다. 집필을 10년 늦춘
다면, 엄마와 함께 골목들을 다니긴 어려우리라. 작은 방에서 엄마와 나
누는 이야기도 흥미롭겠지만, 엄마와 실외로 나가 함께 걸으려면 지금
써야 한다.

✿

　반복엔 이유가 있다, 고통이든 사랑이든.

✿

　10월 11일.
　엄마는 새 골목을 알려주지 않았다. 지도를 펴고 고민하는 내 등을 밀
었다.
　"오늘은 갔던 곳을 또 가봐."
　"또, 간다고요?"
　"한 번 머문다고 그곳의 분위기나 이야기를 다 알 리 없지. 가고 가고

158

또 가야 겨우 알까 말까 한 게 내가 아끼는 골목이라고."

그리고 두 시간 남짓 진해 시내를 걸었다. 모두 엄마와 갔던 길이다. 반복이 지루했느냐고? 전혀 아니다. 엄마와 갔던 곳이지만, 엄마는 다른 이야기를 했다. 예전엔 그냥 지나쳤던 자리에서 멈추곤 새로운 이야기를 들려줬다.

가령 집을 나서서 10분쯤 시내를 향해 걷다가 '풍신택시' 간판 앞에서 섰다.

"엄마 친구네가 하는 회사야. 이 향기 참 은은하고 곱지?"

그렇지 않아도 코가 간지럽던 참이다.

"천리향이란다. 향기가 천 리를 간다고 해서 붙은 이름이야."

"백리향, 천리향, 만리향 이름은 멋지지만, 실제로 그만큼 향기를 풍길 리 없죠."

엄마가 미간을 좁히며 굳은 목소리로 말했다.

"딴 사람은 몰라도 소설가가 그런 소리 하면 안 돼. 네가 소설을 내면, 그 책이 국내는 물론 외국까지 나가지 않니? 글의 향기가 천리만리 미치도록 이야기를 만드는 게 바로 네가 하는 일이야. 천리향은 곧 너라고, 알겠니?"

중앙시장을 빠져나올 땐 꽃 핀 나무 앞에 섰다. 벚꽃처럼 보였지만 꽃잎이 회색에 가까웠다. 나는 놀라 물었다.

"이게 다 뭐예요?"

지나가는 50대 중반쯤으로 보이는 여자가 대신 답했다.

"해 지면 나무에 불 들어와요."

엄마가 설명을 덧붙였다.

"LED 조명이 빛을 내는 인공 나무야. 한심한 노릇이지. 밤에 전등이 번쩍대는 꽃나무가 뭐가 예뻐? 흉물이지. 꽃나무도 밤엔 쉬어야 한다고."

✿

그리고 엄마와 도천초등학교 앞까지 걸었다. 교문 앞엔 다섯 번 정도 갔지만, 교정으로 들어간 것은 오늘이 처음이었다. 엄마는 느티나무 아래로 가서 앉았다. 그러고는 한 남자와 한 여자가 만나 사귀기 위해선 얼마나 많은 우연이 필연적으로 생겨야 하는지를, 그와 무관한 이야기처럼 들려줬다.

"60여 년이 지나는 동안 변하지 않은 건 학교를 둘러싼 석축과 이 느티나무뿐이네."

"두 분이 함께 졸업하셨죠?"

"동창이긴 하지만 동기는 아냐."

처음 듣는 이야기였다.

"네?"

"난 9회 졸업생이고, 네 아버지는 10회. 내가 1년 선배란 말씀."

아버지는 엄마보다 두 살 위였다. 그리고 고등학생 때 두 분은 같은 학

160

년으로 교회에서 최강의 탁구 복식조였다는 이야기를 이미 들었다.

"평안도에서 부산까지 피란 오고, 또 부산 국제시장에서 건어물 장사를 하는 동안, 네 아버지는 집에서 살림하느라 학교를 거의 못 갔대. 범일동 산꼭대기 판잣집에서 살았는데, 수돗물이 거기까지 올라오질 않아서 하루에도 스무 번 넘게 산 아래 우물을 오갔다는구나. 변변한 물통도 없어서 탄피통을 주워 거기에 물을 담아서 날랐댔어. 밑에 코흘리개 두 동생까지 챙겨야 했으니, 학교 다닐 형편이 아니었지. 국민학교를 2학년, 4학년, 6학년 이렇게 3년만 다녔대. 그것도 중간에 몇 년씩 쉬면서. 그래서 내 후배가 된 거야."

나는 더 물어보기로 했다.

"부산 국제시장에서 장사하던 할아버지가 왜 가족을 모두 데리고 진해로 온 건가요?"

"시장에 큰불이 났어. 그때만 해도 장사꾼들이 은행을 믿질 못했지. 그래서 돈을 벌면 장판 밑에 차곡차곡 넣어 깔아두곤 했단다. 근데 그게 전부 타버리고 만 거야. 더이상 부산에서 버티지 못하고 진해로 왔고, 네 아버지도 6학년으로 편입을 한 게고. 난 이미 졸업을 했지."

"그런데 어떻게 고등학교에선 두 분이 같은 학년이 되신 거예요?"

엄마가 잔뜩 몰려든 구름을 올려다보았다.

"아, 그건, 중학교를 마치고 내가 1년을 쉬어서 그래."

이것도 처음 듣는 이야기였다.

"1년을 쉬셨다고요? 왜요?"

"내 바로 위 언니랑 나랑 여고생이 두 명이 되는 셈이었는데, 네 외할아버지가 돈이 없어서 동시에 딸 둘을 고등학교에 보내지 못하겠다고 하신 거야. 언니 졸업할 때까지 한 해만 쉬라고 하셨어. 너무 화가 났지. 내가 1년 빨리 국민학교에 입학했으니, 같은 나이 아이들과 고등학교에 다니게 된 거라고 위안을 할 수도 있겠지만, 국민학교와 중학교까지 같이 다닌 친구들보다 한 학년이 깎이는 거잖아? 견디기 힘들었어."

"그래서요?"

"부산으로 몰래 가출을 했지. 거기 과자 공장에 취직했어."

"과자 공장이라고요? 노동자가 된 거네요?"

"1년 동안 돈이라도 벌자, 이런 심정이었어. 근데 네 외할아버지가 어떻게 알았는지 공장으로 찾아왔고, 난 붙들려 다시 진해로 끌려갔단다."

"그래서 두 분은 고교에 올라갈 때 같은 학년이 된 것이군요. 만약 엄마가 한 학년 위였다면, 아버지가 눈에 들어왔을까요?"

"어려웠겠지. 탁구 복식조도 딴 남학생이랑 했을 테고."

"결국 지독한 가난이 두 분을 만나도록 한 셈이네요."

엄마의 목소리가 젖어들었다.

"그렇긴 해. 하지만 가난에 고마워하진 않아. 그 가난 탓에 네 아버진 젊어서부터 혈관 쪽이 안 좋았어."

"무슨 말씀이세요?"

"탁구 연습을 하다가, 농담처럼 내게 말하곤 했어. 피란길에, 또 부산에서 장사를 하는 동안, 너무 가난해서 밥도 제대로 못 먹었다고. 운이

162

좋아 보리쌀이라도 생기면, 이번엔 반찬이 없어서 소금을 씹으며 버텼다고. 그래서였을까. 혈압이 너무 높더라고. 가난이 그이를 병들게 한 게야. 그때 조금만 여유가 있었다면, 그랬더라면……"

가난은 누군가를 만나게도 하고 누군가와 이별하게도 한다.

☆

"최초의 기억이 뭔가요?"

"출렁거렸어. 또르르 굴러 저쪽 구석에 박히고, 또 또르르 굴러 이쪽 구석에 박혔거든. 사람들이 토하기 시작했고, 여기저기서 울음이 터졌고, 이불이나 가방을 바다에 던지기도 했어. 밤을 꼬박 새워 계속 흔들렸지. 그때부터 알았나봐. 수많은 흔들림 속에 아주 잠깐 특별한 고요가 찾아든다는 걸."

"언제 기억인가요?"

"70년 전."

"70년 전이라면?"

"1946년 봄이었어. 귀국선을 탔단다. 일본에서 부산으로 돌아오는……"

나는 잠시 질문을 멈추고 방금 이야기를 마친 엄마의 두 눈을 들여다보았다. 이 사람은 누구일까.

일흔 살을 넘기면서부터 달라진 것이 있는지 물었다. 엄마는 잠시 생각하다가 이런 이야기를 들려줬다.

"친구가 뜨거운 물을 엎질러 손등에 화상을 입었대. 치료도 하지 않고 있다가 낫질 않아 병원에 갔지. 의사 선생이 3도 화상인데 늦게 왔다며 야단치기에, 친구가 그랬대. '어차피 나중에 태워 없앨 몸, 연습한 셈 치지요.'"

삶과 죽음, 이승과 저승은 멀리 떨어져 있지 않고 연습하다가 건너갈 무엇이라는 걸까.

✿

로맹 가리가 에밀 아자르인 것도 기막힌 일이지만, 로맹 가리의 엄마가 암에 걸려 죽기 전 2백 통의 편지를 써서 스위스에 있는 친구에게 맡겼고, 엄마가 죽고 나서도 3년 동안이나 전쟁터의 아들 로맹 가리에게 편지가 계속 보내졌다는 사연이 더 가슴을 찌른다. 로맹 가리는 『내 삶의 의미』(백선희 옮김, 문학과지성사, 2015)에서 이렇게 자평했다.

어머니는 그런 식으로, 말하자면 탯줄이 계속 작동하게 해두었던 겁니다.

☆

고향의 다른 이름들.

흑백다방, 경화역, 군항반점, 역전마크사, 해군 이동 장병 숙소, 군항
이용원.

☆

"역시 짝이 있어야 해. 그래야 서로 의지하며 살지."

"엄만 31년 동안 혼자셨잖아요. 다른 길을 생각한 적은 없어요?"

엄만 손바닥으로 방을 쓸었다.

"잊히지가 않더라고."

"네?"

"매일매일 네 아버지가 떠올랐어. 세월과 함께 점점 희미해졌다면 혹
시 다른 생각을 했을지도 몰라. 하지만 1년이 가고 10년이 가도, 30년이
넘어도 잊히지가 않았어."

"앨범은 없애버리셨잖아요."

"화가 나서 그랬어."

"화라고요?"

"너무 또렷하니 화가 나더라고. 자기 몸은 자기가 챙겼어야지……"

그러곤 엄마는 말끝을 흐렸다.

☆

    할머니와 손녀는 닮기 마련이다. 두 딸에게서 내 엄마의 특징을 발견할 때나 내 엄마에게서 두 딸과 같은 모습이 비칠 때, 나는 잠시 놀라며 눈을 끔뻑인다. 당연히 내 엄마도 누군가의 딸이고, 두 딸도 누군가의 엄마가 될 것이다. 가운데 낀 나는 딸들과 내 엄마의 말과 행동을 몰래 비교한다. 일치하지 않지만, 묘하게 닮아 있는 거울. 그 차이와 닮은꼴을 만드는 과정에 내가 개입한 셈이다.

☆

    『거짓말이다』를 왜 쓰려고 마음먹었느냐는 엄마의 질문을 받고, 이렇게 답했다.

    "딱 한 명만 죽이고 싶은 적이 있었습니다. 그리고 딱 한 명만 살리고 싶은 적도. 죽이고 싶은 사람도 저였고, 살리고 싶은 사람도 저였어요. 똑같은 말을 그에게서도 들었습니다. 그래서 그에 대해 꼭 쓰겠단 생각을 했습니다. 부족하지만 제가 힘주어 쓰면, 살겠다는 마음이 조금이라도 더 무거워져 그쪽으로 기울 거라 여겼거든요. 소설은 완성했지만, 결국 저는 실패한 겁니다. 오타나 비문은 퇴고하여 바로잡을 기회가 있습니다. 그러나 세상엔 정정 불가능한 실패도 있습니다. 소설은 되돌릴 수 없는, 정정 불가능한 이 빌어먹을 실패를, 문장에서나마 정정하려는 시도입니다. 그 시도가 아무리 옳고 맹렬해도, 실패가 성공으로 바뀌진 않습니다. 그것이 소설의 운명이고 소설가란 업業의 한계입니다."

엄마가 말했다.

"그게 어떻게 소설가만의 한계겠니? 인간의 한계이기도 하단다. 너무 자책하지 마."

✿

10월 12일.

엄마는 새벽 기도는 다녀왔지만, 오전에 가는 수요 예배엔 불참했다. 백 팩을 메고 집을 나서는 내게 엄마가 말했다.

"책을 내는 건 좋아. 하지만 소설 쓰듯이 너무 꼼꼼하게 덤벼들진 마."

동문서답을 했다.

"하모니카 불러 갈래요?"

✿

10월 13일. 속천으로 갔다.

지금까지 엄마는 하모니카를 세 군데서만 불었다. 집에서 혹은 학원에서 혹은 공연장에서. 거기서도 엄마는 최선을 다했지만, 최선만으론 아쉬운 부분이 있었다. 나는 엄마가 바닷가에서 하모니카를 불면 어떨까 상상했다. 상상을 문장으로 바꾸는 것이 소설가지만, 이번엔 그 상상을 현실로 고치고 싶었다. 그리고 엄마와 진해를 계속 걷는 동안, 둘이 함께 찍은 사진이 없었다. 내가 엄마를 주로 찍고, 엄마가 가끔 나를 찍었다. 경남신문 이슬기 기자에게 도움을 청했다.

"거기까지 가서 하모니카를 불라고?"

엄마는 쑥스러워했지만, 나는 밀어붙였다.

"실력 발휘 한번 해보세요. 그 하모니카도 제가 일본에서 사드린 거잖아요."

"가긴 가겠는데, 내키지 않으면 그냥 물고만 있을 거다."

아침 10시, 속천 바닷가는 한산했다. 밤낚시를 마치고 돌아온 배들은 밀린 잠을 자듯 줄지어 고요했다. 엄마가 하모니카를 꺼내 불기 시작했다. 곁에 앉아 연주를 들었다.

"갈매기가 열심히 듣네."

연주가 끝나자마자 엄마가 선수를 쳤다. 바로 앞 배에 갈매기 한 마리가 꿈쩍도 않고 앉아 있었던 것이다.

"요즘 연습중인 곡 없어요?"

"아직 완벽하게 익히진 못했는데……"

난 갈고닦은 숙련된 작품보다 뭔가 꿈틀대며 만들어가고 있는 미완의 작품이 더 좋았다.

"그거 불어줘요."

엄마가 바다를 향해 서서 하모니카를 고쳐 물었다. 그러곤 앞의 곡보다 두 배 더 크게 연주를 시작했다. 귀에 익은 곡이었다.

〈여행자〉.

오늘 꼭 어울리는 곡이기도 했다. 여행이 끝나자 이야기가 시작되었다고 했던가. 이야기가 끝나자 여행 또한 시작될 것이다.

☆

11월 22일, 남해 강연을 마치고 진해에서 하루를 묵었다.

다음날 저녁 대구에서 강연이 있었다. 자정이 가까웠지만 엄마는 밥상을 차려왔다.

정오에 들어가도 엄마는 밥을 내오고, 오후 3시에 들어가도 엄마는 밥을 내오고, 저녁 7시에 들어가도 엄마는 밥을 내오고, 밤 11시에 들어가도 엄마는 밥을 내왔다. 밥을 먹었다고 해도, 밖에서 먹는 밥은 부실하니 더 먹으라고 권했다. 아들이 하루 다섯 끼를 먹겠다고 해도 엄마는 다섯 번 상을 차릴 것이다. 진해만 다녀오면 체중이 평균 3킬로그램 이상 늘었다. 엄마가 차린 밥상을 보노라면, 숟가락을 들지 않을 수 없었다. 더 큰 문제는 엄마가 해주는 밥과 반찬이 맛있다는 것이다. 배는 부르지만 혀는 벌써 즐거움에 빠져들었다. 그리고 뇌는 이런 어리석은 생각을 만든다. 가고 나면 한동안은 이 맛을 못 볼 텐데, 눈 딱 감고 이번 한 번만 먹자!

밥상을 차린 엄마에게 이긴 적이 없다.

형광등을 끄고 나란히 누웠다. 잠이 오지 않기는 엄마도 마찬가지인 듯했다. 어둠 속 어둠을 보며 끊길 듯 이어지는 대화.

"엄마도 언젠간 죽어."

"아들도 마찬가지죠."

"나보다 먼저 죽진 마."

"저보다 먼저 가진 마세요."

"그건 아니지."

"그건 아닌 게 아닙니다."

"그래도 내 나이가……"

"태어난 순서는 있지만 가는 순서는 없다잖아요?"

"그래도 난 지금 가도 자연사自然死고, 넌 갑작스럽게 아프거나 사고로 가는 수밖에 없지 않니? 그러니 내가 가야지."

여기서 나는, 이정모 서울시립과학관장의 농담 아닌 진담을 슬쩍 끼워넣었다.

"정글에서 자연사는 잡아먹히는 겁니다. 엄마는 절대 자연사하실 일 없습니다."

"그게 그렇게 되니?"

"네. 그렇게 되니까, 살 만큼 살았으니 죽고 싶단 소린 하지 마세요."

"……맘에 걸렸어?"

"살 만큼 살았단 엄마 이야길 듣고 맘 편한 아들이 이 세상에 어디 있겠어요?"

　잠든 엄마 얼굴을 머리맡에서 가만히 내려다봤다. 죽은 엄마 얼굴도 이러할까. 잠든 얼굴과 죽은 얼굴은 어떻게 차이가 날까. 질문 두 개가 연이어 떠올랐을 때, 엄마가 눈을 떴다. 그리고 시선이 마주치자, 엄마는 처녀처럼 눈웃음을 지어 보였다. 죽음이란 단어를 걷어내기라도 하듯.

✿

　엄마는 가끔 말없이 나를 바라보곤 했다. 알면서도 나는 모른 체했다. 새벽 기도를 가기 위해 일찍 일어난 엄마가 잠든 내 얼굴을 가만히 내려다볼 때, 내가 글을 쓰는 동안 뒤에 서서 내 등을 쳐다볼 때, 허겁지겁 밥을 퍼 나르는 숟가락과 내 입을 볼 때도 있었다. 머리를 감고 수건으로 닦는 나를, 휴대폰으로 문자를 보내는 나를, 책을 읽는 나를, 멍하니 하늘을 올려다보는 나를, 그런 나를 엄마는 바라보았다. '하염없이'란 네 글자를 이해하는 찰나!

✿

　진해에서 대구로 가는 차편이 새로 생겼다고 하여, 진해시외버스터미
널로 갔다. 15분 뒤에 출발하는 버스표를 끊었다. 대합실에 나란히 앉았
다. 엄마가 말했다.

　"또 언제 올 거야?"

　"곧 올게요."

　"네가 다녀가는 게 하룻밤 꿈 같아. 분명 와서 나랑 걷고 또 이야기도
나누고 밥도 먹고 커피도 마시고 같이 자고 간 게 맞는데도, 그게 다 일
어나지 않은 일들 같거든."

　"곧 올게요."

　"누군가를 만나는 것도 점점 가벼워지는 것 같아. 깃털처럼, 그래 깃
털처럼. 만나긴 분명 만났는데, 만나고 나면 그의 표정도 목소리도 걸음
걸이도 떠오르질 않아. 만나 다행이지만 만나지 않았대도 불행하진 않
다는 그런 느낌도 들고."

　"곧 올게요, 정말."

　"난 요즘 내가 꼭 낙엽이랑 비슷하단 생각을 해. 특히 노란 은행잎들.
나무에 매달려 있을 땐 참 고와서 눈을 뗄 수 없는데, 땅에 떨어진 노란
것들은 쳐다보기도 힘들어지더라고."

　나는 두 시간 뒤에 출발하는 버스로 표를 바꿨다.

　"왜? 늦지 않아? 그냥 가도록 해."

　쓸쓸쓸쓸쓸쓸쓸. 엄마를 이대로 두고 갈 순 없었다. 두 시간 정도 여유

를 두고 대구의 작은 책방 두 군데를 돌 계획을 지웠다.

"어느 골목이 좋을까요?"

내가 대합실을 나서자, 엄마도 따라왔다. 우리는 졸졸 물이 흐르는 개천을 바라보며 걸었다. 봄이면 벚꽃이 만발하여 터널을 만드는 곳이었다. 엄마가 벚나무 줄기를 손바닥으로 만지며 말했다.

"지금은 벚나무로 바뀌었지만, 예전엔 수양버들이었어. 축축 늘어진 가지 아래에서 빨래도 하고 설거지도 하고 그랬지."

70년 전 풍경이라고 했다.

지금의 만남들은 깃털처럼 날리지만, 70년 전 풍경은 엄마의 발목과 손가락을 묵직하고 따뜻하게 감싸고 있는 것이다. 나는 재빨리 난간을 넘어 매달렸다가 개천으로 뛰어내렸다. 가운데로만 물이 흐르고 양쪽 가에는 물이 없었다. 벚나무 옆에 선 엄마의 놀란 얼굴을 올려다보며, 괜찮다는 뜻으로 손을 흔들었다. 그러고나서 팔을 뻗어 손을 적셨다. 차가운 기운이 손등을 때리며 손목을 타고 올라왔다. 송사리처럼 웃고 싶었다.

아들과 걸어 행복하고, 남편과 걷지 못해 불행한 어인.

　　　　　　　　　　　　　　엄마의 골목

✿

엄마의 허리는 좋아지지 않았다. 이제 그만 걸어도 되겠다고 말해도, 내가 모르는 새로운 골목을 꺼내고 또 꺼냈다. 이야기하고 또 이야기했다.

"의사 선생도 그러셨어. 걸으면 살고 누우면 죽는대. 걸으며 조금 힘들고 아픈 게 낫지. 아들이랑 걸을 땐 힘든 것도 종종 잊어."

"알겠어요. 계속 저랑 걸어요."

말은 이렇게 했지만 엄마도 나도 안다. '걸어본다 진해'가 출간되고 나면, 이렇게 철마다 따로 만나 함께 걸을 기회는 줄어들 것임을. 내가 새로운 장편 집필을 시작하면 진해는 물론이고 어느 도시에 일부러 머물며 걷진 않을 것이다. 엄마가 사족처럼 덧붙였다.

"네가 없으면, 그 책 들고 걸으면 돼. 아들과 같이 갔던 골목이니까."

엄마가 죽고 아들이 죽은 후에도 골목은 남을 것이다. 100년 동안 진해도 많이 바뀌었다. 부산 쪽으로 확장된 평지에 들어선 아파트들을 보면, 어린 시절 논밭이던 창원의 들판에 쑥쑥 들어서던 아파트들에 놀라던 기억이 떠오를 정도다. 그렇게 새로운 동네는 앞으로도 만들어지겠지만, 엄마가 걸었던 골목, 내가 걸었던 골목, 엄마와 내가 함께 걸었던 골목은 또 그것들대로 명맥을 이어갈 것이다.

✿

엄마는 먼저 내게 용돈이 필요하다고 말하는 법이 없다. 그래도 골목을 걸으며 내가 돈을 호주머니에 슬쩍 넣으면 마다하진 않는다.

"이번에 내가 권사가 되었잖니? 감사 헌금을 할 참이었는데, 네가 이렇게 용돈을 주는구나. 하나님이 내 기도를 들기라도 하셨는가보다."

엄마는 내 기억의 첫머리부터 교회에서 직책이 집사였다. 창원과 마산과 진해로 옮겨다니지 않고, 교회를 한군데만 꾸준히 다녔다면 벌써 권사가 되고도 남았을 것이다. 직분은 중요하지 않고, 하나님 섬기기만 열심히 하면 된다고 늘 내게 말했지만, 그래도 만년 과장이 서럽듯 만년 집사도 아쉬운 마음이 있지 않을까. 그런데 이번에 권사가 된 것이다.

"돈 필요하다 말씀을 왜 미리 안 하셨어요? 그래도 그걸 다 헌금하진 마세요."

하나님을 위해서도 쓰고, 엄마를 위해서도 쓰세요. 반반씩이라도.

"고마워, 아들!"

✿

"이 소설을 왜 쓴 거니?"

엄마가 무심한 척 물었다. 예전에도 답을 했었다. 다시 질문을 받은 것이 고마웠다.

엄마의 골목

"책 내고 그 질문 정말 많이 받았어요. 대답도 나름대로 진지하게 했고, 그 답들이 완전히 틀린 건 아닙니다. 그런데 딱 맞는 정답은 나중에 찾았어요. 『함께 가만한 당신』(최윤필, 마음산책, 2016)이란 책의 발문을 쓰다가 이 문장을 적은 다음, 『거짓말이다』를 쓴 이유가 바로 요거네 하고 깨달은 겁니다."

"어떤 문장인데?"

"'한 사람의 아름다움을 전하는 것은 다른 한 사람의 영혼을 살리는 일이다.'"

☆

엄마가 말했다.

"문득 그런 생각이 들어. 하모니카 구멍 하나하나가 내가 다닌 진해의 골목 하나하나와 비슷한 것 같아. 이 작은 구멍에다가 얼마나 자주 날숨과 들숨을 불고 들이켰는지 넌 모를 거다. 하모니카란 악기는 참 묘해서, 숨의 세기와 빠르기가 조금만 차이가 나도 소리가 달라. 듣는 사람은 몰라도 부는 사람은 확실히 안단다. 과장해서 말하자면, 백 번 불면 백 번 전부 다른 소리가 나. 이번에 너와 함께 다녀보니, 골목도 마찬가지더라. 적어도 백 번 아니 천 번은 오간 골목도 달라 보이고 또 달라 보였어. 골목을 넓히거나 새 건물이 들어선 것도 아닌데, 어쩜 그렇게 낯선 구석이 눈에 띄는지. '하모니카는 골목이다.' 이런 문장을 써도 괜찮을까? 하모니카가 어떻게 골목일 수 있느냐 항의를 듣진 않을까? 혹시 그런 독자가 있으면, 진해로 오십사 말씀드려. 그럼 내가 골목을 다니며 하모니카를 불어드릴 테니까. 솜씨는 변변하지 않지만, 하모니카의 구멍과 진해의 골목에 대해선 상세히 설명할 수 있어."

☆

어린 시절 가난에 대하여 엄마는 거의 이야기하지 않았다. 한다고 해도, 우스꽝스러운 분위기로 바꿔버렸다.

"내일 학교에서 시험을 보는데도, 구석할매가 저녁 먹고 나면 이러시는 거야. '전기세 많이 나오니 불 *끄고* 일찍 자!' 알전구를 품고 이불을 뒤집어쓴 채 책을 읽다가 들키기도 하고, 촛불 켜놓고 공부하다가 양초 살 돈도 없다는 야단을 맞고 그랬어. 구석할매가 아예 내 곁에 누워 있던 적도 많았단다. 그런 날엔 책을 볼 방법이 없으니까, 눈을 감고 교과서를 처음부터 한 장 한 장 머릿속으로 넘겼지. 새벽이 되자마자 교과서를 꺼내 펴곤, 어젯밤 흐릿하게 잘 떠오르지 않던 페이지를 확인했어. 글은 물론이고 그림이나 사진이나 도표, 그것들 아래 설명들까지 모조리 외웠지. 그렇게 해서 우등상을 타와도 구석할매는 본체만체했어. 전기세 나오니 불 *끄고* 일찍 자라는 명령은 내가 고등학교를 졸업할 때까지 계속 되었으니까. 가난하기도 했고, 여자가 공부를 너무 잘하면 시집갈 때 곤란하다는 소리까지 듣던 시절이었지. 그랬어, 그때는, 전부……"

엄마 여고 동창들 중에는 서울로 유학 가서 대학을 나온 이도 여럿 있었다. 외삼촌 둘은 대학을 마쳤지만, 세 이모와 엄마는 고등학교 졸업이 최종 학력이다. 딸들을 대학 공부까지 시킬 만큼 형편이 넉넉하진 않았던 것이다.

☆

엄마와 이모들과 외숙들. 예민한 사람들. 예술적 기질을 저마다 드러냈지만, 단 한 명도 예술가로 살진 못했다. 큰 외숙은 악기상이 되었고, 막내 외숙은 암 투병을 하며 생의 마지막에 이르러서야 '단추의 공간'을 만들어 보여줬을 뿐이다. 그리고 엄마는 하모니카 연주를 위해 일주일에 하루를 온통 보내고 있다. 할머니가 된 이모들은 그 기질을 어찌 누르고 살까.

☆

우리는 이런 이야기도 나누며 웃었다.

엄마가 죽고 나면 이야기가 끝날까? 끝나지 않을 것이다. 아들인 내가 엄마와의 이야기를 쓸 것이니까. 아들인 나까지 죽고 나면 이야기가 끝날까? 끝나지 않을 것이다. 죽은 모자가 나눈 이야기를 누군가가 읽을 테니까. 모자의 이야기를 읽은 누군가마저 죽고 나면 이야기는 끝날까? 끝나지 않을 것이다. 내가 쓴 바로 이 책을 읽지 못했다 해도, 세상의 모든 엄마는 아들을 낳을 것이고 그 아들과 이야기를 나눌 것이니까.

엄마는 아들의 미래를 종종 상상한다. 그 상상을 맘에 담아뒀다가 만나면 결론부터 끄집어내곤 했다.

『혜초』를 쓰기 위해 타클라마칸 사막과 파미르 고원을 다녀왔을 때, 엄마는 내게 이렇게 말했다.

"사막에선 넌 못 살아. 더군다나 거긴 교회도 없어. 그래도 다시 갈 거냐?"

답사는 했지만 거주할 계획은 전혀 없었다. 『노서아 가비』를 쓴 직후, 엄마는 내게 이렇게 말했다.

"커피 장사 아무나 하는 거 아니다. 커피숍이 포화 상태라더라. 작가와 커피는 어울리지만, 아마추어로 즐기는 정도로 만족해. 그럴 거지?"

바리스타와 함께 북 콘서트를 한 것이 전부였다. 『거짓말이다』를 낸 다음, 엄마는 내게 이렇게 말했다.

"혹시 잡혀가더라도 걱정 마라. 엄마가 다 알아서 할게. 알겠지?"

그런 일은 일어나지 않았다.

엄마의 상상은 현실로 바뀔 가능성이 거의 없지만, 나는 엄마에게 그런 상상을 하지 말라고 만류하진 않았다. 내가 그런다고 상상을 멈출 엄마가 아니고, 또 내가 없는 동안 아들의 미래를 상상하며 지내는 것도 엄마에겐 나쁘지 않은 일이라 여겼다. 다만 그것이 상상이고, 상상 속 주인공과 현실 속 나는 다르다는 것만 때때로 상기하면 될 일이었다.

☆

교회를 다녀야 천국에 갈 수 있다는 엄마에게 물었다.

"천국에 가면 뭘 하시려고요?"

"우선 가족들부터 만나야겠지. 네 외할아버지와 외할머니, 그리고 네 아빠도."

"아버진 교회를 다니셨으니까 거기 계실지도 모르지만, 외할아버지와 외할머닌 독실한 불교 신자셨고 교회엔 근처도 안 가셨으니 거기서 재회하긴 어렵지 않겠어요? 그리고 아버진 마흔여섯 살에 돌아가셨고, 엄마는 벌써 일흔다섯 살인데, 거기 가서 알아보시겠어요? 젊은 아버지가 늙은 아내를 못 알아볼 수도 있지 않을까요?"

"지상의 시간으로 재단하지 마라. 천국엔 천국의 시간이 흐를 것이고, 그건 젊고 늙음이 문제되지 않는단다."

"나중에 저까지 거기에 끌어다 놓으시겠다고요? 다 같이 모여 뭘 하게요?"

엄마는 머뭇거리지 않고 답했다.

"쌓인 이야길 서로 하는 게지. 오랫동안 못 만났으니, 그동안 각자에게 생긴 일들만 풀어놓아도 10년은 금방 갈 거야. 우리가 이야길 나누는 동안 넌 그걸 소설로 써도 좋겠구나."

"천국에 가서도 소설을 쓰라고요?"

"따로 하고 싶은 일이 있어, 천국에서?"

"그런 건 아니지만, 하여튼 소설은 그만 쓰겠습니다. 제가 소설을 쓴다 한들 천국에서까지 소설을 읽을 독자가 있겠습니까?"

엄마가 오른손을 번쩍 들었다.

☆

아버지 이야기를 꺼냈다.

"언제 가장 생각이 많이 나세요?"

"이젠 많이 나지도 적게 나지도 않아."

"그럼요?"

"그냥 안개 같아. 내 몸과 이 집에 두루 스며 있는."

☆

"'엄마의 골목'이 좋아요? '어머니의 골목'이 좋아요?"

"엄마의 골목!"

"왜죠?"

"더 가까운 느낌이 들어. 어머니는 안방에서 앞마당 정도 거리라면, 엄마는 안방을 벗어나지 않고 한 이불 속에 있는, 그런 기분!"

☆

해가 바뀌었다. 2017년. 퇴고하다 민쟁 시인에게 문자를 날렸다.

―더 쓸 게 생각났는데, 어떻게 해?

곧바로 답장이 왔다. 새벽 3시다.

―넣어요. 얼마든지.

―욕심이 자꾸 생겨서 그래. 엄마를 위한 책은 이게 마지막일 테니까, 아주 작은 것 하나도 놓치고 싶질 않네.

―완전 이해함. 난 저자의 글을 양껏 품는 편집자니까. 걱정 말아요.

그래서 『엄마의 골목』은 해를 또 넘기게 되었다.

잠깐 눈을 붙인 뒤, 아침에 엄마와 통화했다.

"가고 싶은 골목 더 있으세요?"

"말이라고. 근데 아직도 부족한 거냐?"

"아닙니다. 충분해요. 그래도 혹시 아쉬운 부분이 있으면 보충하려고요."

"내 맘을 들여다보마. 전부를 다 써야 꼭 완전한 건 아니지만, 그래도 더 담고 싶은 이야기가 있는지."

☆

데자뷰. 같은 골목 다른 이야기. 엄마와 함께 걸은 골목 중 절반은 나도 아는 길이다. 엄마가 그 골목에 대한 이야기를 시작하면, 나는 엄마의 이야기에만 집중하려고 한다. 내가 겪은 이야기가 불쑥 떠오르지만 최대한 누르고 지운다. 엄마 이야기에서 핵심을 찾고 확장이 가능한 곁가지들을 챙기는 것만도 시간이 부족하다. 거기에 내 이야기까지 섞여들면, 정작 엄마 이야기에서 강조하거나 변주할 대목을 놓치고 만다.

엄마 이야기가 끝나고, 나 혼자가 되었을 때, 녹음을 돌려 듣거나 기억을 더듬으며 엄마 이야기 곁에 내 이야기를 비로소 끼적인다. 그 골목에 대한 엄마의 경험이 시간적으로 대부분 앞서며, 나는 그로부터 몇 년 혹은 몇십 년 후, 엄마가 그 골목에서 어떤 일을 겪었는지도 모른 채 누군가를 만나거나 어떤 일을 벌인다. 그런데 그 둘은 무척 다르지만 또 묘하게 닮았다.

두 이야기를 놓고 상상해본다. 같은 공간에서 서로 다른 기술을 구사하는 유도 선수들이 떠오른다. 엄마는 한판이나 절반에 해당하는 큰 기술이 많고, 나는 포인트를 쌓아가는 잔기술이 대부분이다. 어떤 기술을 구사하든 그들은 유도를 한 것이다. 데자뷰.

☆

진해에 대해 글을 쓰는 것은 네버엔딩 스토리다. 처음엔 반년이면 충분한 기획이라 여겼는데, 2015년에서 2016년을 거쳐 2017년으로 넘어가도 이야기가 흘러넘친다. 『엄마의 골목』에서 마지막 문장이 무엇일지 모르지만, 그 문장도 단지 출판사와의 계약에 따라 편집자가 임의로 자르는 것일 뿐, 정말 거기가 이 골목 이야기의 끝은 아니다. 막다른 골목 너머에 다시 골목이 뻗어가듯이, 진해의 골목을 하나하나 확인하며 모두 다닌다 해도, 거기에 스며든 엄마 이야기, 내 이야기, 또 엄마와 내가 함께 골목을 오가며 나눈 이야기를 빠짐없이 담는 순간은 영원히 오지 않을 것이다.

✿

1월 19일.

경상남도 창원문화원에서 '416전국제패-분노를 기억하라' 강연회를 저녁 6시 30분부터 가졌다. 세월호 유가족과 함께하는 행사였다. 뒤풀이까지 마친 후 국민학교 동창의 차를 타고 진해로 넘어가니 자정이 가까웠다. 엄마는 엄마답게, 잠들지 않고 큰아들을 기다렸다. 미리 깔아놓은 이불에 다리를 넣곤 이야기를 나눴다.

"소설은 많이 썼니?"

"4월 초쯤 내려고요."

"『엄마의 골목』은?"

"3월 초요."

엄마가 잠시 침묵했다가 물었다.

"또 세월호에 관한 소설인가보구나. 기행 에세이 내고 한 달 만에 이어서 책을 내려는 걸 보니……"

"맞습니다."

"흔치 않은 일이지. 살다보면 몰아서 뭔가를 해야 할 때도 있는 법이란다. 그만 씻고 자렴."

서울에서 창원까지 기차로 내려왔고, 강연을 했고, 뒤풀이를 하며 소주까지 마셨지만 잠이 오지 않았다. 2015년 『목격자들』, 2016년 『거짓말이다』에 이어 2017년까지, 세월호 관련 소설만 3년에 세 작품을 내는 것이다. 대부분의 소설가들은 같은 소재를 반복해서 이어쓰기를 꺼린다.

자기 표절의 위험도 있고, 한군데에 계속 빠지다보면 마음의 균형을 잃고 내상을 입기 쉽다. 『목격자들』 이전까진 나도 작품 하나를 마치면 소재나 인물이 전혀 다른 이야기로 껑충 뛰어 옮기곤 했다. 『불멸의 이순신』을 마친 다음엔 『나, 황진이』와 같은 이야기를 찾는 식이다. 그러나 2014년부터 이 상식적이고 익숙한 작업 방식을 버렸다. 내가 왜 자꾸 이러는지를 나도 정확히 모르겠다. 몰라도 하고 싶으면 하는 것이 또한 작가의 삶이다.

"김관홍, 그 잠수사의 아이들이 몇 살이라고?"

엄마도 잠이 오지 않기는 마찬가진가보다. 내일 새벽 기도는 이미 빠지겠다고 하였다.

"해 바뀌었으니, 열두 살, 열 살, 여덟 살이 되었네요. 막내가 초등학교에 들어갑니다."

"잠수사의 아내는?"

"마흔 살이 아직 안 되었어요."

엄마의 깊은 한숨이 들려왔다. 그러고는 한동안 말이 없었다. 나는 어색한 침묵을 지우기 위해, 연초부터 시작한 '꽃바다를 구하라' 라는 스토리펀딩에 관해 간단히 설명했다. 설명을 하며 깨달았다. 엄마가 홀로된 나이와 김관홍 잠수사의 아내 혜연씨가 홀로된 나이가 그리 큰 차이가 나지 않는다는 것을.

"하루를 잘 사는 게 중요해. 멀리만 내다보면 암담하단다. 아이들에게 집중하는 편이 나아. 네가 종종 들여다보도록 해라. 늘 신경써서 돕고."

"네, 그럴게요."

✿

1월 20일.

새벽에 깼다. 엄마의 책꽂이에 눈이 닿았다. 법정 스님 책 세 권이 나
란히 꽂혀 있다. 『새들이 떠나간 숲은 적막하다』(1996), 『산에는 꽃이 피
네』(1998), 『홀로 사는 즐거움』(2004). 엄마는 성경과 함께 법정 스님의
책들을 즐겨 읽어왔다. 엄마 역시 홀로 사는 삶에 대해 꾸준히 고민한 것
이다. 법정 스님은 「홀로 사는 즐거움」이란 글에서 고독과 고립을 대비
시킨다.

　고독과 고립은 전혀 다르다. 고독은 옆구리께로 스쳐지나가는 시장
기 같은 것, 그리고 고립은 수인처럼 갇혀 있는 상태다. 고독은 때론 사
람을 맑고 투명하게 하지만, 고립은 그 출구가 없는 단절이다.

세 권을 제자리에 꽂으려다보니, 그 옆에 박완서 선생님의 산문집이
놓여 있다. 제목이 오늘따라 의미심장하다.
『못 가본 길이 더 아름답다』(현대문학, 2010).

아침 식사를 마친 뒤 엄마가 말했다.

"후회스러운 일이 하나 생겼어."

"뭔데요?"

"앨범을 모두 버린 것."

나는 자세를 고쳐 앉았다. 엄마 입에서 '앨범'이란 두 글자가 다시 나올 줄 몰랐다.

"그땐 너무 미워서, 사진을 들여다보면 더 화가 나서, 통째로 버린 거야. 그런데 작년 늦가을부터 몹시 그립네. 사진이라도 있으면 꺼내 볼 텐데, 나한텐 정말 한 장도 없어. 몇 장은 남겨두고 버릴 걸 그랬나 하는 마음이 자꾸 든다. 창원에 사는 네 막내 이모에게 전화해서 혹시 사진이 있느냐고 했더니 없다는 거야. 서울 형부에게 전화를 드렸어. 그이랑 친하게 지내셨으니까. 다행히 몇 장 있다고, 주겠다고 하시네. 다행이지?"

엄마 손을 꼭 쥐었다.

엄마는 신나는 이야기도 했다.

"하모니카를 진해뿐만 아니라 창원에서도 수강하게 되었단다. 월요일은 진해, 금요일은 창원."

"진해는 선착순이라서 새벽 기도 마치고 바로 가면 안전하게 등록이 되지만, 창원은 추첨이라 어렵다고 하셨잖아요?"

"그러니까! 2017년에는 운수대통하려나보다. 창원에서 하모니카 강습하는 노인복지관은 두 군데인데, 둘 다 당첨이 되었어. 일주일에 한 시간 하는 반은 스스로 포기하고 두 시간 하는 반만 가기로 했단다."

"그렇게 좋으세요?"

"그럼. 최소한 5년은 하모니카를 불어야 입이 제대로 돌아간다는데, 이제 정식으로 배운 지 3년째거든. 일주일에 두 군데서 배우면 실력이 빨리 늘 거야. 그치?"

『엄마의 골목』을 위한 마지막 산책을 나섰다. 소방서 앞 복개천을 걷다가 엄마가 문득 멈춰 섰다. 앞서 걷던 나는 되돌아와서 물었다.

"왜 그러세요? 많이 불편하세요? 돌아갈까요?"

닷새 전부터 감기 기운이 있다고 하였다. 엄마가 마스크를 턱까지 내린 뒤 엉뚱한 답을 꺼냈다.

"진해 하모니카 반 수강생이 몇 명인지 아니? 전부 65명이나 된단다. 많아도 너무 많지. 수강생들끼리 농담으로 이런 얘길 했어. 꼭 전쟁 통에 수업 듣는 것 같지 않느냐고. 6·25 전쟁을 겪은 이들이 대부분이라서 곧 알아차리고 웃었단다. 그런데…… 바로 여기야!"

"여기라뇨?"

엄마가 검지로 발아래를 가리켰다.

"이 다리 밑에서 전쟁 때 공부했단다."

"도천국민학교를 다니셨잖아요?"

"전쟁이 나자 국민학교 건물을 군용 병원으로 썼어. 우린 쫓겨났지. 바로 이 아래가 개천이었단다. 일본인들이 계획한 도시라서, 제법 튼튼

한 다리들이 띄엄띄엄 놓여 있었고. 각 반별로 다리를 하나씩 맡았지. 다리 밑으로 들어가서 수업을 했단다. 처음엔 자리도 넉넉하고 물소리도 들리고 나쁘지 않았지. 한데 매달 학생이 엄청나게 늘었어. 80명이 훌쩍 넘더구나. 피란민들이 밀려든 거야. 그렇게 진해 토박이들과 전국에서 몰려온 피란민 아이들이 함께 다리 밑에서 공부했단다. 책가방이 없어서 보따리에 책을 넣어 어깨에 둘러메거나 등에 지곤 여기까지 달려왔지. 그땐 그랬어.”

점심을 먹고 헤어지기로 했다. 어젯밤 강연회 뒤풀이에서 감자탕에 소주를 즐긴 탓에 모닝커피에 빵 정도면 충분했다. ‘NEMO’라는 평범한 간판 아래 화덕 피자란 으뜸 메뉴가 눈에 들어왔다. 가게로 들어서니 좌우 벽에서 동시에 낯선 기운이 뿜어져나왔다.

오른쪽 벽은 텅 비어 한산했다. 그런데 출입문 바로 옆에 마련된 안내판에 노란 종이들이 빽빽하게 붙어 있었다. 노란 리본과 종이배, 뒤이어 아홉 명의 미수습자 얼굴 그림과 세월호에서 희생된 단원고 학생들 명단이었다. 엄마와 진해를 산책한 지난 3년 동안, 학생들의 백 팩이나 자동차 유리창에서 세월호 리본을 본 적은 가끔 있지만, 이렇게 세월호 소식으로만 채운 안내판은 처음이었다.

왼쪽 벽은 책장이 붙박이로 길게 늘어섰고 책이 가득 꽂혀 있었다. 박경리 선생의 소설에서 시작하여 송경동 신작 시집 『나는 한국인이 아니다』(창비, 2016)가 눈에 띄었다. 파주 작업실 내 책장에 꽂힌 책들과 같은 책들이 줄잡아 50권은 넘었다. 익숙한 제목들을 보자 옛 친구를 만난 듯 반가웠다. 화덕 피자에 커피를 시키곤 엄마와 마주앉았다. 엄마가 긴 도보 여행의 결론처럼 말했다.

"진해에서 사는 게 참 좋구나."

"지겹진 않으세요?"

"지거울 틈이 없지. 매일 새벽 기도 다녀오고, 하모니카 불고, 친구들 만나고, 그러면 하루가 금방 가."

"마산하고 다른가요?"

"마산은 옛날부터 번잡했어. 장사한다고 전국에서 오가는 이들도 많고."

"창원은요?"

"공업 단지가 들어앉기 전엔 참 고즈넉했지. 단지가 들어서면서 공장들과 아파트로 숲을 이루는 바람에 늙은이들 살기엔 적당하지 않아. 진해는 다르지. 요양 도시로 요즈음 각광을 받는다더구나. 따듯하고 조용하고, 싱싱한 어패류를 맘껏 즐길 수 있고……"

"70년 넘도록 한 도시에 사셨는데, 어떠세요?"

화덕 피자와 커피가 나왔다. 엄마는 내 앞으로 피자를 돌려놓았다.

"평안의원 손자가 석동에서 정형외과를 한단다. 열흘 전에 허리가 묵직해서 물리치료를 받으러 갔다가, 젊은 의사 선생에게 내가 그랬단다. 할머니를 많이 닮았다고. 의사 선생이 묻더구나. 제 할머니를 잘 아시느냐고. 나보다 훨씬 나이가 많지만, 주일은 물론 평일에도 교회에 나가서

기도하는 모습을 여러 번 봤다고 알려줬지. 70년을 한 도시에서 산다는 건, 그렇게 3대를 아는 것과 비슷하단다. 할아버지와 아버지와 아들이 병원을 이어가는 건 흔치 않은 일이야. 2대에서 재산 문제가 생겨 문을 닫은 가게도 많지. 70년을 한 도시에서 산다는 건 그러니까 행운이야. 다른 도시에서 살았더라면 어땠을까 상상한 적도 있긴 하지만, 진해에서 보낸 70년이 내겐 무척 소중하구나. 『엄마의 골목』 그 책도 3대가 모두 볼만한 책이면 좋겠어. 그런 방향으로 써보도록 하렴."

마산역까지 배웅하겠다고 동생이 왔다. 2월에 키르기스스탄으로 두 달 넘게 출장을 간다고 한다. 내가 『혜초』나 『파리의 조선 궁녀, 리심』을 위해 해외 답사를 떠날 때처럼, 동생은 잔뜩 긴장도 하고 또 무척 설레는 듯도 했다. 엄마도 막내아들이 과연 외국 출장을 무사히 마칠까 걱정하는 표정이 얼굴에 가득했다. 나는 동생의 마음을 풀어주고 싶었다.

"국내에서도 통하면 거기서도 통할 거야. 『혜초』를 위해 우즈베키스탄에 갔었는데, 답사 다니는 동안 전혀 문제가 없었어. 고구려나 신라 사신들이 이 먼 곳까지 왔다고 생각하니, 황량한 벌판을 걸어다녀도 전혀 피곤하지 않더라고. 키르기스스탄도 그럴 거야. 거기서도 드론을 날릴 건가?"

"그러고 싶습니다. 몇 가지 문제만 해결되면."

"네가 만든 키르기스스탄 지도를 보고 싶네."

"틈날 때마다 돌아다녀봐야죠."

동생이 덧붙였다.

"진해 섬들 같이 다니며 책 내기로 한 약속 잊지 마세요."

동생은 그 섬들을 드론으로 새롭게 측량하고 싶어했다. 예산이 없어서 아직은 바람일 뿐이지만. 동생이 섬들을 돌며 드론을 날릴 때, 동행하여 글을 쓰고 싶다는 이야길 한 적이 있다. 진해의 골목은 엄마와 걸었으니, 진해의 섬들을 동생과 둘러보는 데도 마음이 움직였다. 기행 에세이 집엔 대부분 사진이나 그림을 곁들인다. 동생과 진해의 섬에 관해 책을 만든다면, 동생이 드론으로 측량하여 작성한 지도와 내 글을 나란히 두고 싶다.

☆

"형, 진해 지도 필요하시죠? '걸어본다' 시리즈는 책 커버 뒷면에 지도를 넣는 게 특징이잖습니까?"

며칠 뒤 동생의 전화. 키르기스스탄으로 떠나기 전 『엄마의 골목』에 넣을 지도를 해결해주고 싶은가보다.

"응. 맞아."

"이왕이면 PDF가 낫겠죠?"

"PDF가 있으면 디자이너가 작업하기 편하겠지. 근데 있어?"

"여기저기 부탁해뒀어요. 조금만 기다려줘요. 이왕이면 진해에서 둘러볼 만한 곳을 정리한 팸플릿이나 책자도 필요할 거고요."

엄마의 골목

동생은 지도를 읽고 나는 소설을 읽는다. 동생은 현지 측량을 다녀와서 지도를 고치고, 나는 현지답사를 다녀와서 소설을 고친다. 종이 지도를 놓고 하던 작업을 동생은 이제 컴퓨터로 한다. 원고지를 놓고 하던 작업을 내가 이제 HWP로 하듯이. 엄마의 아들이라서, 우리도 닮았다.

✿

엄마가 말했다.

"이런 날이 올 줄 알았어."

"어떻게 아셨어요?"

"내 이름에 딱 나와. 믿을 신信에 아들 자子 아니니? 아들을 믿는다."

"딸만 두면 어찌하려고, 외할아버지는 엄마 이름을 그렇게 지으셨대요?"

"내가 보지도 않고 데려간다는 셋째 딸이잖니. 네 외할아버지는 네번째는 꼭 아들을 낳길 원하셨던 게야. 그래서 아들을 믿는다고 내 이름을 지었고, 그 이름대로 네 큰외삼촌이 태어났지. 내 이름의 효력이 증명된 셈이야. 외할아버진 소원을 이루셨으니, 이제 내가 효력을 맛봐야 할 때라고. 그게 이 책이 아닌가 싶네."

코끝이 시큰거렸다. 나는 허공을 올려다보며 말머리를 돌렸다.

"아들이 둘이니, 큰아들에 대한 믿음은 이 책으로 드러난다 치고, 둘째 아들에 대한 믿음은 또 따로 생각해둔 게 있겠네요?"

"아직. 한 번에 한 아들씩만!"

엄마에게 화를 내지 않는 아들이 있을까. 엄마가 내게 화를 낸 횟수는 손에 꼽을 정도지만, 내가 엄마에게 화를 낸 날은 밤하늘 별들보다 많다. 그래도 같이 걷는 동안엔 화를 낸 적이 한 번도 없었다. 다행이다.

엄마가 말했다.

"너무 발가벗기진 마라. 그렇지만 내가 열심히 하모니카를 연습하는 건 꼭 넣어주고."

엄마의 골목

2015년 5월 5일 ~ 2017년 1월 24일

'흑백다방'에 간다는 것은 음악을 마신다는 것이다. 음악을 마시며 사랑을 속삭인다는 것이다.
사랑을 속삭인 후 이야기를 쓴다는 것이다.

첫 장편 초고를 마친 새벽,
흑백에 기댄 채 홀로 웃었다.
드디어 나는 소설가다!

해군이냐고 먼저 물었다.
아니라고 하면 육군이든 공군이든
상관없었다.

왜 하필 이순신 장군을 대하소설로 썼느냐는 질문을 받곤 한다.
대답 대신 북원로터리에 우뚝한 충무공 동상을 보여주고 싶다.

거북선은 바다는 물론 하늘도, 이승은 물론 저승도 오갔다.
저 배 안에선 어디든 안전하다고 믿었다.

안민고개. 엄마가 다섯 살 때 구석할매와 넘은 고갯길에서 바라본 진해.

만삭의 엄마가 오르내린 탑산 계단. 진해의 아들로 태어나기란 이토록 힘들다.

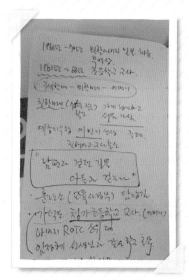

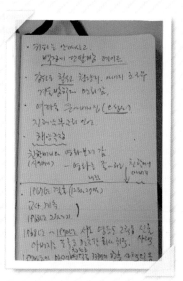

예행연습. 엄마는 말하고 아들은 옮겨 쓴다.
엄마는 추억하고 아들은 상상한다.

예행연습 2.
진해로부터 시작하고 진해로 돌아온다.
그 사이 여행을 엄마는 인생이라고 불렀다.

기원을 찾아서. 나보다 먼저 엄마가 있었고 엄마보다 먼저 집이 있었다.
"먼 훗날 네가 태어날 집이란다."

하모니카부터 쥐면 안 된다. 악보를 보고 읽고 만지며 느껴야 한다.
매우 즐겁겠구나 혹은 많이 슬프겠구나!

반복의 즐거움. 50개의 동그라미를 그린다.
50개의 사선을 긋는다.
50번 하모니카를 분다. 하루가 간다.

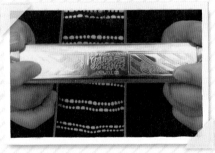

하모니카는 골목이다. 쥐는 힘이나 간격, 부는 속도가
조금만 달라도 소리가 바뀐다.
듣는 이는 몰라도 부는 나는 안다.

항구보다 하모니카에 어울리는 장소는 없다.
들숨과 날숨을 따라,
갈매기가 오고 여객선이 오고
오래전 잊은 꿈들이 온다.

스물여섯 살 남자는 소위고 스물네 살 여자는 교사다.
그리고 둘은 진해남부교회 고등부 환상의 탁구 복식조다.

결혼사진을 없앤 엄마와
결혼사진을 친척에게 물어물어 다시 찾은 엄마. 둘 다 엄마답다.
시간이 흐를수록 더 또렷한 장면에 1967년의 이날도 포함 될까.

담벼락과 철조망의 도시. 이쪽에서 저쪽으로 출근하고 저쪽에서 이쪽으로 퇴근한다.
전쟁과 평화의 경계는 어디일까.

『불멸의 이순신』 초고를 집필하던 1998년 봄.
학자의 길을 접고 장편 작가의 길을 펴나가던 해군사관학교.

장옥거리. 일제강점기 일본은 1층 상점, 2층 가정집으로 구성된 다가구주택을
진해 중심가에 지었다. 근대 초기 주상복합건물이다.

중원로터리 벤치에 앉아 끼적거린다. "내가 쓰는 모오든 것이 소설 아닐까?"

군항이 들어서자, 술집이 문을 열었고, 유곽이 자리 잡았다.
기다림에 지친 여인들은 다 어디로 갔을까.

진해여중과 진해여고. 졸업 40주년엔 모였지만, 50주년엔 모이지 않았다.
60주년에도 모이긴 힘들 것이다.

떠나고 싶을 땐 진해역으로 갔다.
대부분은 진해를 떠나지 못했다.
기차를 탈 생각만 했지 내릴 곳과 할 일을 정하지 않은 탓이다.

사람은 떠나고 담은 무너지고
집은 바뀌어도 골목은 그대로다.
오래된 친구처럼.

엄마가 근무한 천가초등학교.
부스럼 약을 발라주고, 밥을 지어 먹이던
제자들도 환갑을 훌쩍 넘겼으리라.

두렵더라도 돌아보지 말라.
눈 대신 발바닥과 두 귀를 믿으라.

진해를 풀어쓰면, 포구가 있고 포구가 있고 또 포구가 있다.
골목이 전부 다르듯 포구도 각양각색이다. 엄마의 골목, 엄마의 포구.

우도 벽화마을. 반구대 암각화로부터 첫 장편을 쓴 내겐
물고기들로 만든 고래에 마음을 빼앗길 수밖에 없다.

고향의 다른 이름. 해군 장교 스타일로 한 번 더 깎고 싶다.

해군의 모든 것은 '마크사'에 있다.

인천과 목포와 동해와는 다른 진해만의 맛.

독자들도 저마다의 골목을 엄마와 걷고, 이야기하고, 웃었으면 좋겠습니다.
더 늦기 전에, 부디!